Kafka · Die Ver

Franz Kafka

Die Verwandlung

Nachwort
von Egon Schwarz

Philipp Reclam jun. Stuttgart

Zur Textgestalt siehe Seite 65 ff.

Erläuterungen und Dokumente zu Kafkas *Verwandlung*
liegen unter Nr. 8155 in Reclams Universal-Bibliothek vor,
Interpretationen sind enthalten in dem Band *Franz Kafka.
Romane und Erzählungen* der Reihe »Interpretationen«,
Universal-Bibliothek Nr. 8811, und in dem Band *Erzählungen des 20. Jahrhunderts*, Band 1, der Reihe »Interpretationen«, Universal-Bibliothek Nr. 9462

◢ Für Schüler:
Lektüreschlüssel
zu *Die Verwandlung*
Reclams Universal-Bibliothek
Nr. 15342

RECLAMS UNIVERSAL-BIBLIOTHEK Nr. 9900
Alle Rechte vorbehalten
© 1978, 1995, 2001 Philipp Reclam jun. GmbH & Co., Stuttgart
Durchgesehene Ausgabe 2001
auf der Grundlage der neuen amtlichen Rechtschreibregeln
Gesamtherstellung: Reclam, Ditzingen. Printed in Germany 2007
RECLAM, UNIVERSAL-BIBLIOTHEK und
RECLAMS UNIVERSAL-BIBLIOTHEK sind eingetragene Marken
der Philipp Reclam jun. GmbH & Co., Stuttgart
ISBN 978-3-15-009900-1

www.reclam.de

I.

Als Gregor Samsa eines Morgens aus unruhigen Träumen erwachte, fand er sich in seinem Bett zu einem ungeheueren Ungeziefer verwandelt. Er lag auf seinem panzerartig harten Rücken und sah, wenn er den Kopf ein wenig hob, seinen gewölbten, braunen, von bogenförmigen Versteifungen geteilten Bauch, auf dessen Höhe sich die Bettdecke, zum gänzlichen Niedergleiten bereit, kaum noch erhalten konnte. Seine vielen, im Vergleich zu seinem sonstigen Umfang kläglich dünnen Beine flimmerten ihm hilflos vor den Augen.

»Was ist mit mir geschehen?«, dachte er. Es war kein Traum. Sein Zimmer, ein richtiges, nur etwas zu kleines Menschenzimmer, lag ruhig zwischen den vier wohlbekannten Wänden. Über dem Tisch, auf dem eine auseinander gepackte Musterkollektion von Tuchwaren ausgebreitet war – Samsa war Reisender –, hing das Bild, das er vor kurzem aus einer illustrierten Zeitschrift ausgeschnitten und in einem hübschen, vergoldeten Rahmen untergebracht hatte. Es stellte eine Dame dar, die, mit einem Pelzhut und einer Pelzboa versehen, aufrecht dasaß und einen schweren Pelzmuff, in dem ihr ganzer Unterarm verschwunden war, dem Beschauer entgegenhob.

Gregors Blick richtete sich dann zum Fenster, und das trübe Wetter – man hörte Regentropfen auf das Fensterblech aufschlagen – machte ihn ganz melancholisch. »Wie wäre es, wenn ich noch ein wenig weiterschliefe und alle Narrheiten vergäße«, dachte er, aber das war gänzlich undurchführbar, denn er war gewöhnt, auf der rechten Seite zu schlafen, konnte sich aber in seinem gegenwärtigen Zustand nicht in diese Lage bringen. Mit welcher Kraft er sich auch auf die rechte Seite warf, immer wieder schaukelte er in die Rückenlage zurück. Er versuchte es wohl hundertmal, schloss die Augen, um die zappelnden Beine nicht sehen zu müssen, und ließ erst ab, als er in der Seite einen noch nie gefühlten, leichten, dumpfen Schmerz zu fühlen begann.

»Ach Gott«, dachte er, »was für einen anstrengenden Beruf habe ich gewählt! Tag aus, Tag ein auf der Reise. Die geschäftlichen Aufregungen sind viel größer, als im eigentlichen Geschäft zu Hause, und außerdem ist mir noch diese Plage des Reisens auferlegt, die Sorgen um die Zuganschlüsse, das unregelmäßige, schlechte Essen, ein immer wechselnder, nie andauernder, nie herzlich werdender menschlicher Verkehr. Der Teufel soll das alles holen!« Er fühlte ein leichtes Jucken oben auf dem Bauch; schob sich auf dem Rücken langsam näher zum Bettpfosten, um den Kopf besser heben zu können; fand die juckende Stelle, die mit lauter kleinen weißen Pünktchen besetzt war, die er nicht zu beurteilen verstand; und wollte mit einem Bein die Stelle betasten, zog es aber gleich zurück, denn bei der Berührung umwehten ihn Kälteschauer.

Er glitt wieder in seine frühere Lage zurück. »Dies frühzeitige Aufstehen«, dachte er, »macht einen ganz blödsinnig. Der Mensch muss seinen Schlaf haben. Andere Reisende leben wie Haremsfrauen. Wenn ich zum Beispiel im Laufe des Vormittags ins Gasthaus zurückgehe, um die erlangten Aufträge zu überschreiben, sitzen diese Herren erst beim Frühstück. Das sollte ich bei meinem Chef versuchen; ich würde auf der Stelle hinausfliegen. Wer weiß übrigens, ob das nicht sehr gut für mich wäre. Wenn ich mich nicht wegen meiner Eltern zurückhielte, ich hätte längst gekündigt, ich wäre vor den Chef hin getreten und hätte ihm meine Meinung von Grund des Herzens aus gesagt. Vom Pult hätte er fallen müssen! Es ist auch eine sonderbare Art, sich auf das Pult zu setzen und von der Höhe herab mit dem Angestellten zu reden, der überdies wegen der Schwerhörigkeit des Chefs ganz nahe herantreten muss. Nun, die Hoffnung ist noch nicht gänzlich aufgegeben; habe ich einmal das Geld beisammen, um die Schuld der Eltern an ihn abzuzahlen – es dürfte noch fünf bis sechs Jahre dauern –, mache ich die Sache unbedingt. Dann wird der große Schnitt gemacht. Vorläufig allerdings muss ich aufstehen, denn mein Zug fährt um fünf.«

Und er sah zur Weckuhr hinüber, die auf dem Kasten tickte. »Himmlischer Vater!«, dachte er. Es war halb sieben Uhr, und die Zeiger gingen ruhig vorwärts, es war sogar halb vorüber, es näherte sich schon dreiviertel. Sollte der Wecker nicht geläutet haben? Man sah vom Bett aus, dass er auf vier Uhr richtig eingestellt war; gewiss hatte er auch geläutet. Ja, aber war es möglich, dieses möbelerschütternde Läuten ruhig zu verschlafen? Nun, ruhig hatte er ja nicht geschlafen, aber wahrscheinlich desto fester. Was aber sollte er jetzt tun? Der nächste Zug ging um sieben Uhr; um den einzuholen, hätte er sich unsinnig beeilen müssen, und die Kollektion war noch nicht eingepackt, und er selbst fühlte sich durchaus nicht besonders frisch und beweglich. Und selbst wenn er den Zug einholte, ein Donnerwetter des Chefs war nicht zu vermeiden, denn der Geschäftsdiener hatte beim Fünfuhrzug gewartet und die Meldung von seiner Versäumnis längst erstattet. Es war eine Kreatur des Chefs, ohne Rückgrat und Verstand. Wie nun, wenn er sich krank meldete? Das wäre aber äußerst peinlich und verdächtig, denn Gregor war während seines fünfjährigen Dienstes noch nicht einmal krank gewesen. Gewiss würde der Chef mit dem Krankenkassenarzt kommen, würde den Eltern wegen des faulen Sohnes Vorwürfe machen und alle Einwände durch den Hinweis auf den Krankenkassenarzt abschneiden, für den es ja überhaupt nur ganz gesunde, aber arbeitsscheue Menschen gibt. Und hätte er übrigens in diesem Falle so ganz Unrecht? Gregor fühlte sich tatsächlich, abgesehen von einer nach dem langen Schlaf wirklich überflüssigen Schläfrigkeit, ganz wohl und hatte sogar einen besonders kräftigen Hunger.

Als er dies alles in größter Eile überlegte, ohne sich entschließen zu können, das Bett zu verlassen – gerade schlug der Wecker dreiviertel sieben – klopfte es vorsichtig an die Tür am Kopfende seines Bettes. »Gregor«, rief es – es war die Mutter , »es ist dreiviertel sieben. Wolltest du nicht wegfahren?« Die sanfte Stimme! Gregor erschrak, als er seine antwortende Stimme hörte, die wohl unverkennbar seine frühere war, in die sich aber, wie von unten her, ein nicht zu unterdrückendes, schmerzliches Piepsen mischte, das die Worte förmlich nur im ersten Augenblick in ihrer Deutlichkeit beließ, um sie im Nachklang derart zu zerstören, dass man nicht wusste, ob man recht gehört hatte. Gregor hatte ausführlich antworten und alles erklären wollen, beschränkte sich aber bei diesen Umständen darauf, zu sagen: »Ja, ja, danke Mutter, ich stehe schon auf.« Infolge der Holztür war die Veränderung in Gregors Stimme draußen wohl nicht zu merken, denn die Mutter beruhigte sich mit dieser Erklärung und schlürfte davon. Aber durch das kleine Gespräch waren die anderen Familienmitglieder darauf aufmerksam geworden, dass Gregor wider Erwarten noch zu Hause war, und schon klopfte an der einen Seitentür der Vater, schwach, aber mit der Faust. »Gregor, Gregor«, rief er, »was ist denn?« Und nach einer kleinen Weile mahnte er nochmals mit tieferer Stimme: »Gregor! Gregor!« An der anderen Seitentür aber klagte leise die Schwester: »Gregor? Ist dir nicht wohl? Brauchst du etwas?« Nach beiden Seiten hin antwortete Gregor: »Bin schon fertig«, und bemühte sich, durch die sorgfältigste Aussprache und durch Einschaltung von langen Pausen zwischen den einzelnen Worten seiner Stimme alles Auffallende zu nehmen. Der Vater kehrte auch zu seinem Frühstück zurück, die Schwester aber flüsterte: »Gregor, mach auf, ich beschwöre dich.« Gregor aber dachte gar nicht daran aufzumachen, sondern lobte die vom Reisen her übernommene Vorsicht, auch zu Hause alle Türen während der Nacht zu versperren.

Zunächst wollte er ruhig und ungestört aufstehen, sich anziehen und vor allem frühstücken, und dann erst das Weitere überlegen, denn, das merkte er wohl, im Bett würde er mit dem Nachdenken zu keinem vernünftigen Ende kommen. Er erinnerte sich, schon öfters im Bett irgendeinen vielleicht durch ungeschicktes Liegen erzeugten, leichten Schmerz empfunden zu haben, der sich dann beim Aufstehen als reine Einbildung herausstellte, und er war gespannt, wie sich seine heutigen Vorstellungen allmählich auflösen würden. Dass die Veränderung der Stimme nichts anderes war, als der Vorbote einer tüchtigen Verkühlung, einer Berufskrankheit der Reisenden, daran zweifelte er nicht im geringsten.

Die Decke abzuwerfen war ganz einfach; er brauchte sich nur ein wenig aufzublasen und sie fiel von selbst. Aber weiterhin wurde es schwierig, besonders weil er so ungemein breit war. Er hätte Arme und Hände gebraucht, um sich aufzurichten; stattdessen aber hatte er nur die vielen Beinchen, die ununterbrochen in der verschiedensten Bewegung waren und die er überdies nicht beherrschen konnte. Wollte er eines einmal einknicken, so war es das Erste, dass es sich streckte; und gelang es ihm endlich, mit diesem Bein das auszuführen, was er wollte, so arbeiteten inzwischen alle anderen, wie freigelassen, in höchster, schmerzlicher Aufregung. »Nur sich nicht im Bett unnütz aufhalten«, sagte sich Gregor.

Zuerst wollte er mit dem unteren Teil seines Körpers aus dem Bett hinauskommen, aber dieser untere Teil, den er übrigens noch nicht gesehen hatte und von dem er sich auch keine rechte Vorstellung machen konnte, erwies sich als zu schwer beweglich; es ging so langsam; und als er schließlich, fast wild geworden, mit gesammelter Kraft, ohne Rücksicht sich vorwärts stieß, hatte er die Richtung falsch gewählt, schlug an den unteren Bettpfosten heftig an, und der brennende Schmerz, den er empfand, belehrte ihn, dass gerade der untere Teil seines Körpers augenblicklich vielleicht der empfindlichste war.

Er versuchte es daher, zuerst den Oberkörper aus dem Bett zu bekommen, und drehte vorsichtig den Kopf dem Bettrand zu. Dies gelang auch leicht, und trotz ihrer Breite und Schwere folgte schließlich die Körpermasse langsam der Wendung des Kopfes. Aber als er den Kopf endlich außerhalb des Bettes in der freien Luft hielt, bekam er Angst, weiter auf diese Weise vorzurücken, denn wenn er sich schließlich so fallen ließ, musste geradezu ein Wunder geschehen, wenn der Kopf nicht verletzt werden sollte. Und die Besinnung durfte er gerade jetzt um keinen Preis verlieren; lieber wollte er im Bett bleiben.

Aber als er wieder nach gleicher Mühe aufseufzend so dalag wie früher, und wieder seine Beinchen womöglich noch ärger gegeneinander kämpfen sah und keine Möglichkeit fand, in diese Willkür Ruhe und Ordnung zu bringen, sagte er sich wieder, dass er unmöglich im Bett bleiben könne und dass es das Vernünftigste sei, alles zu opfern, wenn auch nur die kleinste Hoffnung bestünde, sich dadurch vom Bett zu befreien. Gleichzeitig aber vergaß er nicht, sich zwischendurch daran zu erinnern, dass viel besser als verzweifelte Entschlüsse ruhige und ruhigste Überlegung sei. In solchen Augenblicken richtete er die Augen möglichst scharf auf das Fenster, aber leider war aus dem Anblick des Morgennebels, der sogar die andere Seite der engen Straße verhüllte, wenig Zuversicht und Munterkeit zu holen. »Schon sieben Uhr«, sagte er sich beim neuerlichen Schlagen des Weckers, »schon sieben Uhr und noch immer ein solcher Nebel.« Und ein Weilchen lang lag er ruhig mit schwachem Atem, als erwarte er vielleicht von der völligen Stille die Wiederkehr der wirklichen und selbstverständlichen Verhältnisse.

Dann aber sagte er sich: »Ehe es einviertel acht schlägt, muss ich unbedingt das Bett vollständig verlassen haben. Im Übrigen wird auch bis dahin jemand aus dem Geschäft kommen, um nach mir zu fragen, denn das Geschäft wird vor sieben Uhr geöffnet.« Und er machte sich nun daran, den Körper in seiner ganzen Länge vollständig gleichmäßig aus dem Bett hinauszuschaukeln. Wenn er sich auf diese Weise aus dem Bett fallen ließ, blieb der Kopf, den er beim Fall scharf heben wollte, voraussichtlich unverletzt. Der Rücken schien hart zu sein; dem würde wohl bei dem Fall auf den Teppich nichts geschehen. Das größte Bedenken machte ihm die Rücksicht auf den lauten Krach, den es geben müsste und der wahrscheinlich hinter allen Türen wenn nicht Schrecken, so doch Besorgnisse erregen würde. Das musste aber gewagt werden.

Als Gregor schon zur Hälfte aus dem Bette ragte – die neue Methode war mehr ein Spiel als eine Anstrengung, er brauchte immer nur ruckweise zu schaukeln –, fiel ihm ein, wie einfach alles wäre, wenn man ihm zu Hilfe käme. Zwei starke Leute – er dachte an seinen Vater und das Dienstmädchen – hätten vollständig genügt; sie hätten ihre Arme nur unter seinen gewölbten Rücken schieben, ihn so aus dem Bett schälen, sich mit der Last niederbeugen und dann bloß vorsichtig dulden müssen, dass er den Überschwung auf dem Fußboden vollzog, wo dann die Beinchen hoffentlich einen Sinn bekommen würden. Nun, ganz abgesehen davon, dass die Türen versperrt waren, hätte er wirklich um Hilfe rufen sollen? Trotz aller Not konnte er bei diesem Gedanken ein Lächeln nicht unterdrücken.

Schon war er so weit, dass er bei stärkerem Schaukeln kaum das Gleichgewicht noch erhielt, und sehr bald musste er sich nun endgültig entscheiden, denn es war in fünf Minuten einviertel acht, – als es an der Wohnungstür läutete. »Das ist jemand aus dem Geschäft«, sagte er sich und erstarrte fast, während seine Beinchen nur desto eiliger tanzten. Einen Augenblick blieb alles still. »Sie öffnen nicht«, sagte sich Gregor, befangen in irgendeiner unsinnigen Hoffnung. Aber dann ging natürlich wie immer das Dienstmädchen festen Schrittes zur Tür und öffnete. Gregor brauchte nur das erste Grußwort des Besuchers zu hören und wusste schon, wer es war – der Prokurist selbst. Warum war nur Gregor dazu verurteilt, bei einer Firma zu dienen, wo man bei der kleinsten Versäumnis gleich den größten Verdacht fasste? Waren denn alle Angestellten samt und sonders Lumpen, gab es denn unter ihnen keinen treuen ergebenen Menschen, der, wenn er auch nur ein paar Morgenstunden für das Geschäft nicht ausgenützt hatte, vor Gewissensbissen närrisch wurde und geradezu nicht imstande war, das Bett zu verlassen? Genügte es wirklich nicht, einen Lehrjungen nachfragen zu lassen – wenn überhaupt diese Fragerei nötig war –, musste da der Prokurist selbst kommen, und musste dadurch der ganzen unschuldigen Familie gezeigt werden, dass die Untersuchung dieser verdächtigen Angelegenheit nur dem Verstand des Prokuristen anvertraut werden konnte? Und mehr infolge der Erregung, in welche Gregor durch diese Überlegungen versetzt wurde, als infolge eines richtigen Entschlusses, schwang er sich mit aller Macht aus dem Bett. Es gab einen lauten Schlag, aber ein eigentlicher Krach war es nicht. Ein wenig wurde der Fall durch den Teppich abgeschwächt, auch war der Rücken elastischer, als Gregor gedacht hatte, daher kam der nicht gar so auffallende dumpfe Klang. Nur den Kopf hatte er nicht vorsichtig genug gehalten und ihn angeschlagen; er drehte ihn und rieb ihn an dem Teppich vor Ärger und Schmerz.

»Da drin ist etwas gefallen«, sagte der Prokurist im Nebenzimmer links. Gregor suchte sich vorzustellen, ob nicht auch einmal dem Prokuristen etwas Ähnliches passieren könnte, wie heute ihm; die Möglichkeit dessen musste man doch eigentlich zugeben. Aber wie zur rohen Antwort auf diese Frage machte jetzt der Prokurist im Nebenzimmer ein paar bestimmte Schritte und ließ seine Lackstiefel knarren. Aus dem Nebenzimmer rechts flüsterte die Schwester, um Gregor zu verständigen: »Gregor, der Prokurist ist da.« »Ich weiß«, sagte Gregor vor sich hin; aber so laut, dass es die Schwester hätte hören können, wagte er die Stimme nicht zu erheben.

»Gregor«, sagte nun der Vater aus dem Nebenzimmer links, »der Herr Prokurist ist gekommen und erkundigt sich, warum du nicht mit dem Frühzug weggefahren bist. Wir wissen nicht, was wir ihm sagen sollen. Übrigens will er auch mit dir persönlich sprechen. Also bitte mach die Tür auf. Er wird die Unordnung im Zimmer zu entschuldigen schon die Güte haben.« »Guten Morgen, Herr Samsa«, rief der Prokurist freundlich dazwischen. »Ihm ist nicht wohl«, sagte die Mutter zum Prokuristen, während der Vater noch an der Tür redete, »ihm ist nicht wohl, glauben Sie mir,

Herr Prokurist. Wie würde denn Gregor sonst einen Zug versäumen! Der Junge hat ja nichts im Kopf als das Geschäft. Ich ärgere mich schon fast, dass er abends niemals ausgeht; jetzt war er doch acht Tage in der Stadt, aber jeden Abend war er zu Hause. Da sitzt er bei uns am Tisch und liest still die Zeitung oder studiert Fahrpläne. Es ist schon eine Zerstreuung für ihn, wenn er sich mit Laubsägearbeiten beschäftigt. Da hat er zum Beispiel im Laufe von zwei, drei Abenden einen kleinen Rahmen geschnitzt; Sie werden staunen, wie hübsch er ist; er hängt drin im Zimmer; Sie werden ihn gleich sehen, bis Gregor aufmacht. Ich bin übrigens glücklich, dass Sie da sind, Herr Prokurist; wir allein hätten Gregor nicht dazu gebracht, die Tür zu öffnen; er ist so hartnäckig; und bestimmt ist ihm nicht wohl, trotzdem er es am Morgen geleugnet hat.« »Ich komme gleich«, sagte Gregor langsam und bedächtig und rührte sich nicht, um kein Wort der Gespräche zu verlieren. »Anders, gnädige Frau, kann ich es mir auch nicht erklären«, sagte der Prokurist, »hoffentlich ist es nichts Ernstes. Wenn ich auch andererseits sagen muss, dass wir Geschäftsleute – wie man will, leider oder glücklicherweise – ein leichtes Unwohlsein sehr oft aus geschäftlichen Rücksichten einfach überwinden müssen.« »Also kann der Herr Prokurist schon zu dir hinein?«, fragte der ungeduldige Vater und klopfte wiederum an die Tür. »Nein«, sagte Gregor. Im Nebenzimmer links trat eine peinliche Stille ein, im Nebenzimmer rechts begann die Schwester zu schluchzen.

Warum ging denn die Schwester nicht zu den anderen? Sie war wohl erst jetzt aus dem Bett aufgestanden und hatte noch gar nicht angefangen sich anzuziehen. Und warum weinte sie denn? Weil er nicht aufstand und den Prokuristen nicht hereinließ, weil er in Gefahr war, den Posten zu verlieren und weil dann der Chef die Eltern mit den alten Forderungen wieder verfolgen würde? Das waren doch vorläufig wohl unnötige Sorgen. Noch war Gregor hier und dachte nicht im Geringsten daran, seine Familie zu verlassen. Augenblicklich lag er wohl da auf dem Teppich, und niemand, der seinen Zustand gekannt hätte, hätte im Ernst von ihm verlangt, dass er den Prokuristen hereinlasse. Aber wegen dieser kleinen Unhöflichkeit, für die sich ja später leicht eine passende Ausrede finden würde, konnte Gregor doch nicht gut sofort weggeschickt werden. Und Gregor schien es, dass es viel vernünftiger wäre, ihn jetzt in Ruhe zu lassen, statt ihn mit Weinen und Zureden zu stören. Aber es war eben die Ungewissheit, welche die anderen bedrängte und ihr Benehmen entschuldigte.

»Herr Samsa«, rief nun der Prokurist mit erhobener Stimme, »was ist denn los? Sie verbarrikadieren sich da in Ihrem Zimmer, antworten bloß mit ja und nein, machen Ihren Eltern schwere, unnötige Sorgen und versäumen – dies nur nebenbei erwähnt – Ihre geschäftlichen Pflichten in einer eigentlich unerhörten Weise. Ich spreche hier im Namen Ihrer Eltern und Ihres Chefs und bitte Sie ganz ernsthaft um eine augenblickliche, deutliche Erklärung. Ich staune, ich staune. Ich glaubte Sie als einen ruhigen, vernünftigen Menschen zu kennen, und nun scheinen Sie plötzlich anfangen zu wollen, mit sonderbaren Launen zu paradieren. Der Chef deutete mir zwar heute früh eine mögliche Erklärung für Ihre Versäumnis an – sie betraf das Ihnen seit kurzem anvertraute Inkasso –, aber ich legte wahrhaftig fast mein Ehrenwort dafür ein, dass diese Erklärung nicht zutreffen könne. Nun aber sehe ich hier Ihren unbegreiflichen Starrsinn und verliere ganz und gar jede Lust, mich auch nur im Geringsten für Sie einzusetzen. Und Ihre Stellung ist durchaus nicht die festeste. Ich hatte ursprünglich die Absicht, Ihnen das alles unter vier Augen zu sagen, aber da Sie mich hier nutzlos meine Zeit versäumen lassen, weiß ich nicht, warum es nicht auch Ihre Herren Eltern erfahren sollen. Ihre Leistungen in der letzten Zeit waren also sehr unbefriedigend; es ist zwar nicht die Jahreszeit, um besondere Geschäfte zu machen, das erkennen wir an; aber eine Jahreszeit, um keine Geschäfte zu machen, gibt es überhaupt nicht, Herr Samsa, darf es nicht geben.«

»Aber Herr Prokurist«, rief Gregor außer sich und vergaß in der Aufregung alles andere, »ich mache ja sofort, augenblicklich auf. Ein leichtes Unwohlsein, ein Schwindelanfall, haben mich verhindert aufzustehen. Ich liege noch jetzt im Bett. Jetzt bin ich aber schon wieder ganz frisch. Eben steige ich aus dem Bett. Nur einen kleinen Augenblick Geduld! Es geht noch nicht so gut, wie ich dachte. Es ist mir aber schon wohl. Wie das nur einen Menschen so überfallen kann! Noch gestern Abend war mir ganz gut, meine Eltern wissen es ja, oder besser, schon gestern Abend hatte ich eine kleine Vorahnung. Man hätte es mir ansehen müssen. Warum habe ich es nur im Geschäfte nicht gemeldet! Aber man denkt eben immer, dass man die Krankheit ohne Zuhausebleiben überstehen wird. Herr Prokurist! Schonen Sie meine Eltern! Für alle die Vorwürfe, die Sie mir jetzt machen, ist ja kein Grund; man hat mir ja davon auch kein Wort gesagt. Sie haben vielleicht die letzten Aufträge, die ich geschickt habe, nicht gelesen. Übrigens, noch mit dem Achtuhrzug fahre ich auf die Reise, die paar Stunden Ruhe haben mich gekräftigt. Halten Sie sich nur nicht auf, Herr Prokurist; ich bin gleich selbst im Geschäft, und haben Sie die Güte, das zu sagen und mich dem Herrn Chef zu empfehlen!«

Und während Gregor dies alles hastig ausstieß und kaum wusste, was er sprach, hatte er sich leicht, wohl infolge der im Bett bereits erlangten Übung, dem Kasten genähert und versuchte nun, an ihm sich aufzurichten. Er wollte tatsächlich die Tür aufmachen, tatsächlich sich sehen lassen und mit dem Prokuristen sprechen; er war begierig zu erfahren, was die anderen, die jetzt so nach ihm verlangten, bei seinem Anblick sagen würden. Würden sie erschrecken, dann hatte Gregor keine Verantwortung mehr und konnte ruhig sein. Würden sie aber alles ruhig hinnehmen, dann hatte auch er keinen Grund sich aufzuregen, und konnte, wenn er sich beeilte, um acht Uhr tatsächlich auf dem Bahnhof sein. Zuerst glitt er nun einige Male von dem glatten Kasten ab, aber endlich gab er sich einen letzten Schwung und stand aufrecht da; auf die Schmerzen im Unterleib achtete er gar nicht mehr, so sehr sie auch brannten. Nun ließ er sich gegen die Rückenlehne eines nahen Stuhles fallen, an deren Rändern er sich mit seinen Beinchen festhielt. Damit hatte er aber auch die Herrschaft über sich erlangt und verstummte, denn nun konnte er den Prokuristen anhören.

»Haben Sie auch nur ein Wort verstanden?«, fragte der Prokurist die Eltern, »er macht sich doch wohl nicht einen Narren aus uns?« »Um Gottes willen«, rief die Mutter schon unter Weinen, »er ist vielleicht schwer krank, und wir quälen ihn. Grete! Grete!«, schrie sie dann. »Mutter?«, rief die Schwester von der anderen Seite. Sie verständigten sich durch Gregors Zimmer. »Du musst augenblicklich zum Arzt. Gregor ist krank. Rasch um den Arzt. Hast du Gregor jetzt reden hören?« »Das war eine Tierstimme«, sagte der Prokurist, auffallend leise gegenüber dem Schreien der Mutter. »Anna! Anna!«, rief der Vater durch das Vorzimmer in die Küche und klatschte in die Hände, »sofort einen Schlosser holen!« Und schon liefen die zwei Mädchen mit rauschenden Röcken durch das Vorzimmer – wie hatte sich die Schwester denn so schnell angezogen? – und rissen die Wohnungstüre auf. Man hörte gar nicht die Türe zuschlagen; sie hatten sie wohl offen gelassen, wie es in Wohnungen zu sein pflegt, in denen ein großes Unglück geschehen ist.

Gregor war aber viel ruhiger geworden. Man verstand zwar also seine Worte nicht mehr, trotzdem sie ihm genug klar, klarer als früher, vorgekommen waren, vielleicht infolge der Gewöhnung des Ohres. Aber immerhin glaubte man nun schon daran, dass es mit ihm nicht ganz in Ordnung war, und war bereit, ihm zu helfen. Die Zuversicht und Sicherheit, mit welchen die ersten Anordnungen getroffen worden waren, taten ihm wohl. Er fühlte sich wieder einbezogen in den menschlichen Kreis und erhoffte von beiden, vom Arzt und vom Schlosser, ohne sie eigentlich genau zu scheiden, großartige und überraschende Leistungen. Um für die sich nähernden entscheidenden Besprechungen eine möglichst klare Stimme zu bekommen, hustete er ein wenig ab, allerdings bemüht, dies ganz gedämpft zu tun, da möglicherweise auch schon dieses Geräusch anders als menschlicher Husten klang, was er selbst zu entscheiden sich nicht mehr getraute. Im Nebenzimmer war es inzwischen ganz still geworden. Vielleicht saßen die Eltern mit dem Prokuristen beim Tisch und tuschelten, vielleicht lehnten alle an der Türe und horchten.

Gregor schob sich langsam mit dem Sessel zur Tür hin, ließ ihn dort los, warf sich gegen die Tür, hielt sich an ihr aufrecht – die Ballen seiner Beinchen hatten ein wenig Klebstoff – und ruhte sich dort einen Augenblick lang von der Anstrengung aus. Dann aber machte er sich daran, mit dem Mund den Schlüssel im Schloss umzudrehen. Es schien leider, dass er keine eigentlichen Zähne hatte, – womit sollte er gleich den Schlüssel fassen? – aber dafür waren die Kiefer freilich sehr stark; mit ihrer Hilfe brachte er auch wirklich den Schlüssel in Bewegung und achtete nicht darauf, dass er sich zweifellos irgendeinen Schaden zufügte, denn eine braune Flüssigkeit kam ihm aus den Mund, floss über den Schlüssel und tropfte auf den Boden. »Hören Sie nur«, sagte der Prokurist im Nebenzimmer, »er dreht den Schlüssel um.« Das war für Gregor eine große Aufmunterung; aber alle hätten ihm zurufen sollen, auch der Vater und die Mutter: »Frisch, Gregor«, hätten sie rufen sollen, »immer nur heran, fest an das Schloss heran!« Und in der Vorstellung, dass alle seine Bemühungen mit Spannung verfolgten, verbiss er sich mit allem, was er an Kraft aufbringen konnte, besinnungslos in den Schlüssel. Je nach dem Fortschreiten der Drehung des Schlüssels umtanzte er das Schloss; hielt sich jetzt nur noch mit dem Munde aufrecht, und je nach Bedarf hing er sich an den Schlüssel oder drückte ihn dann wieder nieder mit der ganzen Last seines Körpers. Der hellere Klang des endlich zurückschnappenden Schlosses erweckte Gregor förmlich. Aufatmend sagte er sich: »Ich habe also den Schlosser nicht gebraucht«, und legte den Kopf auf die Klinke, um die Türe gänzlich zu öffnen.

Da er die Türe auf diese Weise öffnen musste, war sie eigentlich schon recht weit geöffnet, und er selbst noch nicht zu sehen. Er musste sich erst langsam um den einen Türflügel herumdrehen, und zwar sehr vorsichtig, wenn er nicht gerade vor dem Eintritt ins Zimmer plump auf den Rücken fallen wollte. Er war noch mit jener schwierigen Bewegung beschäftigt und hatte sich Zeit, auf anderes zu achten, da hörte er schon den Prokuristen ein lautes »Oh!« ausstoßen – es klang, wie wenn der Wind saust – und nun sah er ihn auch, wie er, der der Nächste an der Türe war, die Hand gegen den offenen Mund drückte und langsam zurückwich, als vertreibe ihn eine unsichtbare, gleichmäßig fortwirkende Kraft. Die Mutter – sie stand hier trotz der Anwesenheit des Prokuristen mit von der Nacht her noch aufgelösten, hoch sich sträubenden Haaren – sah zuerst mit gefalteten Händen den Vater an, ging dann zwei Schritte zu Gregor hin und fiel inmitten ihrer rings um sie herum sich ausbreitenden Röcke nieder, das Gesicht ganz unauffindbar zu ihrer Brust gesenkt. Der Vater ballte mit feindseligem Ausdruck die Faust, als wolle er Gregor in sein Zimmer zurückstoßen, sah sich dann unsicher im Wohnzimmer um, beschattete dann mit den Händen die Augen und weinte, dass sich seine mächtige Brust schüttelte.

Gregor trat nun gar nicht in das Zimmer, sondern lehnte sich von innen an den festgeriegelten Türflügel, sodass sein Leib nur zur Hälfte und darüber der seitlich geneigte Kopf zu sehen war, mit dem er zu den anderen hinüberlugte. Es war inzwischen viel heller geworden; klar stand auf der anderen Straßenseite ein Ausschnitt des gegenüberliegenden, endlosen, grauschwarzen Hauses – es war ein Krankenhaus – mit seinen hart die Front durchbrechenden regelmäßigen Fenstern; der Regen fiel noch nieder, aber nur mit großen, einzeln sichtbaren und förmlich auch einzelnweise auf die Erde hinuntergeworfenen Tropfen. Das Frühstücksgeschirr stand in überreicher Zahl auf dem Tisch, denn für den Vater war das Frühstück die wichtigste Mahlzeit des Tages, die er bei der Lektüre verschiedener Zeitungen stundenlang hinzog. Gerade an der gegenüberliegenden Wand hing eine Photographie Gregors aus seiner Militärzeit, die ihn als

Leutnant darstellte, wie er, die Hand am Degen, sorglos lächelnd, Respekt für seine Haltung und Uniform verlangte. Die Tür zum Vorzimmer war geöffnet, und man sah, da auch die Wohnungstür offen war, auf den Vorplatz der Wohnung hinaus und auf den Beginn der abwärts führenden Treppe.

»Nun«, sagte Gregor und war sich dessen wohl bewusst, dass er der Einzige war, der die Ruhe bewahrt hatte, »ich werde mich gleich anziehen, die Kollektion zusammenpacken und wegfahren. Wollt Ihr, wollt Ihr mich wegfahren lassen? Nun, Herr Prokurist, Sie sehen, ich bin nicht starrköpfig und ich arbeite gern; das Reisen ist beschwerlich, aber ich könnte ohne das Reisen nicht leben. Wohin gehen Sie denn, Herr Prokurist? Ins Geschäft? Ja? Werden Sie alles wahrheitsgetreu berichten? Man kann im Augenblick unfähig sein zu arbeiten, aber dann ist gerade der richtige Zeitpunkt, sich an die früheren Leistungen zu erinnern und zu bedenken, dass man später, nach Beseitigung des Hindernisses, gewiss desto fleißiger und gesammelter arbeiten wird. Ich bin ja dem Herrn Chef so sehr verpflichtet, das wissen Sie doch recht gut. Andererseits habe ich die Sorge um meine Eltern und die Schwester. Ich bin in der Klemme, ich werde mich aber auch wieder herausarbeiten. Machen Sie es mir aber nicht schwieriger, als es schon ist. Halten Sie im Geschäft meine Partei! Man liebt den Reisenden nicht, ich weiß. Man denkt, er verdient ein Heidengeld und führt dabei ein schönes Leben. Man hat eben keine besondere Veranlassung, dieses Vorurteil besser zu durchdenken. Sie aber, Herr Prokurist, Sie haben einen besseren Überblick über die Verhältnisse, als das sonstige Personal, ja sogar, ganz im Vertrauen gesagt, einen besseren Überblick, als der Herr Chef selbst, der in seiner Eigenschaft als Unternehmer sich in seinem Urteil leicht zu Ungunsten eines Angestellten beirren lässt. Sie wissen auch sehr wohl, dass der Reisende, der fast das ganze Jahr außerhalb des Geschäftes ist, so leicht ein Opfer von Klatschereien, Zufälligkeiten und grundlosen Beschwerden werden kann, gegen die sich zu wehren ihm ganz unmöglich ist, da er von ihnen meistens gar nichts erfährt und nur dann, wenn er erschöpft eine Reise beendet hat, zu Hause die schlimmen, auf ihre Ursachen hin nicht mehr zu durchschauenden Folgen am eigenen Leibe zu spüren bekommt. Herr Prokurist, gehen Sie nicht weg, ohne mir ein Wort gesagt zu haben, das mir zeigt, dass Sie mir wenigstens zu einem kleinen Teil recht geben!«

Aber der Prokurist hatte sich schon bei den ersten Worten Gregors abgewendet, und nur über die zuckende Schulter hinweg sah er mit aufgeworfenen Lippen nach Gregor zurück. Und während Gregors Rede stand er keinen Augenblick still, sondern verzog sich, ohne Gregor aus den Augen zu lassen, gegen die Tür, aber ganz allmählich, als bestehe ein geheimes Verbot, das Zimmer zu verlassen. Schon war er im Vorzimmer, und nach der plötzlichen Bewegung, mit der er zum letzten Mal den Fuß aus dem Wohnzimmer zog, hätte man glauben können, er habe sich soeben die Sohle verbrannt. Im Vorzimmer aber streckte er die rechte Hand weit von sich zur Treppe hin, als warte dort auf ihn eine geradezu überirdische Erlösung.

Gregor sah ein, dass er den Prokuristen in dieser Stimmung auf keinen Fall weggehen lassen dürfe, wenn dadurch seine Stellung im Geschäft nicht aufs Äußerste gefährdet werden sollte. Die Eltern verstanden das alles nicht so gut; sie hatten sich in den langen Jahren die Überzeugung gebildet, dass Gregor in diesem Geschäft für sein Leben versorgt war, und hatten außerdem jetzt mit den augenblicklichen Sorgen so viel zu tun, dass ihnen jede Voraussicht abhanden gekommen war. Aber Gregor hatte diese Voraussicht. Der Prokurist musste gehalten, beruhigt, überzeugt und schließlich gewonnen werden; die Zukunft Gregors und seiner Familie hing doch davon ab! Wäre doch die Schwester hier gewesen! Sie war klug; sie hatte schon geweint, als Gregor noch ruhig auf dem Rücken lag. Und gewiss hätte der Prokurist, dieser Damenfreund, sich von ihr lenken lassen; sie hätte die Wohnungstür zugemacht und ihm im Vorzimmer

den Schrecken ausgeredet. Aber die Schwester war eben
nicht da, Gregor selbst musste handeln. Und ohne daran zu
denken, dass er seine gegenwärtigen Fähigkeiten, sich zu
bewegen, noch gar nicht kannte, ohne auch daran zu denken, dass seine Rede möglicher- ja wahrscheinlicherweise
wieder nicht verstanden worden war, verließ er den Türflügel; schob sich durch die Öffnung; wollte zum Prokuristen
hingehen, der sich schon am Geländer des Vorplatzes lä-
cherlicherweise mit beiden Händen festhielt; fiel aber sofort, nach einem Halt suchend, mit einem kleinen Schrei auf
seine vielen Beinchen nieder. Kaum war das geschehen,
fühlte er zum ersten Mal an diesem Morgen ein körperli-
ches Wohlbehagen; die Beinchen hatten festen Boden unter
sich; sie gehorchten vollkommen, wie er zu seiner Freude
merkte; strebten sogar darnach, ihn fortzutragen, wohin er
wollte; und schon glaubte er, die endgültige Besserung alles
Leidens stehe unmittelbar bevor. Aber im gleichen Augenblick, als er da schaukelnd vor verhaltener Bewegung, gar
nicht weit von seiner Mutter entfernt, ihr gerade gegenüber
auf dem Boden lag, sprang diese, die doch so ganz in sich
versunken schien, mit einem Male in die Höhe, die Arme
weit ausgestreckt, die Finger gespreizt, rief: »Hilfe, um
Gottes willen Hilfe!«, hielt den Kopf geneigt, als wolle sie
Gregor besser sehen, lief aber, im Widerspruch dazu, sinn-
los zurück; hatte vergessen, dass hinter ihr der gedeckte
Tisch stand; setzte sich, als sie bei ihm angekommen war,
wie in Zerstreutheit, eilig auf ihn; und schien gar nicht zu
merken, dass neben ihr aus der umgeworfenen großen
Kanne der Kaffee in vollem Strome auf den Teppich sich er-
goss.

   »Mutter, Mutter«, sagte Gregor leise, und sah zu ihr hinauf. Der Prokurist war ihm für einen Augenblick ganz aus
dem Sinn gekommen; dagegen konnte er sich nicht versa-
gen, im Anblick des fließenden Kaffees mehrmals mit den
Kiefern ins Leere zu schnappen. Darüber schrie die Mutter
neuerdings auf, flüchtete vom Tisch und fiel dem ihr ent-
gegeneilenden Vater in die Arme. Aber Gregor hatte jetzt

keine Zeit für seine Eltern; der Prokurist war schon auf der Treppe; das Kinn auf dem Geländer, sah er noch zum letzten Male zurück. Gregor nahm einen Anlauf, um ihn möglichst sicher einzuholen; der Prokurist musste etwas ahnen, denn er machte einen Sprung über mehrere Stufen und verschwand; »Huh!« aber schrie er noch, es klang durchs ganze Treppenhaus. Leider schien nun auch diese Flucht des Prokuristen den Vater, der bisher verhältnismäßig gefasst gewesen war, völlig zu verwirren, denn statt selbst dem Prokuristen nachzulaufen oder wenigstens Gregor in der Verfolgung nicht zu hindern, packte er mit der Rechten den Stock des Prokuristen, den dieser mit Hut und Überzieher auf einem Sessel zurückgelassen hatte, holte mit der Linken eine große Zeitung vom Tisch und machte sich unter Füßestampfen daran, Gregor durch Schwenken des Stockes und der Zeitung in sein Zimmer zurückzutreiben. Kein Bitten Gregors half, kein Bitten wurde auch verstanden, er mochte den Kopf noch so demütig drehen, der Vater stampfte nur stärker mit den Füßen. Drüben hatte die Mutter trotz des kühlen Wetters ein Fenster aufgerissen, und hinausgelehnt drückte sie ihr Gesicht weit außerhalb des Fensters in ihre Hände. Zwischen Gasse und Treppenhaus entstand eine starke Zugluft, die Fenstervorhänge flogen auf, die Zeitungen auf dem Tische rauschten, einzelne Blätter wehten über den Boden hin. Unerbittlich drängte der Vater und stieß Zischlaute aus, wie ein Wilder. Nun hatte aber Gregor noch gar keine Übung im Rückwärtsgehen, es ging wirklich sehr langsam. Wenn sich Gregor nur hätte umdrehen dürfen, er wäre gleich in seinem Zimmer gewesen, aber er fürchtete sich, den Vater durch die zeitraubende Umdrehung ungeduldig zu machen, und jeden Augenblick drohte ihm doch von dem Stock in des Vaters Hand der tödliche Schlag auf den Rücken oder auf den Kopf. Endlich aber blieb Gregor doch nichts anderes übrig, denn er merkte mit Entsetzen, dass er im Rückwärtsgehen nicht einmal die Richtung einzuhalten verstand; und so begann er, unter unaufhörlichen ängstlichen Seitenblicken nach dem Vater, sich nach Möglichkeit rasch, in Wirklichkeit aber doch nur sehr langsam umzudrehen. Vielleicht merkte der Vater seinen guten Willen, denn er störte ihn hierbei nicht, sondern dirigierte sogar hie und da die Drehbewegung von der Ferne mit der Spitze seines Stockes. Wenn nur nicht dieses unerträgliche Zischen des Vaters gewesen wäre! Gregor verlor darüber ganz den Kopf. Er war schon fast ganz umgedreht, als er sich, immer auf dieses Zischen horchend, sogar irrte und sich wieder ein Stück zurückdrehte. Als er aber endlich glücklich mit dem Kopf vor der Türöffnung war, zeigte es sich, dass sein Körper zu breit war, um ohne weiteres durchzukommen. Dem Vater fiel es natürlich in seiner gegenwärtigen Verfassung auch nicht entfernt ein, etwa den anderen Türflügel zu öffnen, um für Gregor einen genügenden Durchgang zu schaffen. Seine fixe Idee war bloß, dass Gregor so rasch als möglich in sein Zimmer müsse. Niemals hätte er auch die umständlichen Vorbereitungen gestattet, die Gregor brauchte, um sich aufzurichten und vielleicht auf diese Weise durch die Tür zu kommen. Vielmehr trieb er, als gäbe es kein Hindernis, Gregor jetzt unter besonderem Lärm vorwärts; es klang schon hinter Gregor gar nicht mehr wie die Stimme bloß eines einzigen Vaters; nun gab es wirklich keinen Spaß mehr, und Gregor drängte sich – geschehe was wolle – in die Tür. Die eine Seite seines Körpers hob sich, er lag schief in der Türöffnung, seine eine Flanke war ganz wundgerieben, an der weißen Tür blieben hässliche Flecken, bald steckte er fest und hätte sich allein nicht mehr rühren können, die Beinchen auf der einen Seite hingen zitternd oben in der Luft, die auf der anderen waren schmerzhaft zu Boden gedrückt – da gab ihm der Vater von hinten einen jetzt wahrhaftig erlösenden starken Stoß, und er flog, heftig blutend, weit in sein Zimmer hinein. Die Tür wurde noch mit dem Stock zugeschlagen, dann war es endlich still.

II

Erst in der Abenddämmerung erwachte Gregor aus seinem schweren ohnmachtsähnlichen Schlaf. Er wäre gewiss nicht viel später auch ohne Störung erwacht, denn er fühlte sich genügend ausgeruht und ausgeschlafen, doch schien es ihm, als hätte ihn ein flüchtiger Schritt und ein vorsichtiges Schließen der zum Vorzimmer führenden Tür geweckt. Der Schein der elektrischen Straßenlampen lag bleich hier und da auf der Zimmerdecke und auf den höheren Teilen der Möbel, aber unten bei Gregor war es finster. Langsam schob er sich, noch ungeschickt mit seinen Fühlern tastend, die er erst jetzt schätzen lernte, zur Türe hin, um nachzusehen, was dort geschehen war. Seine linke Seite schien eine einzige lange, unangenehm spannende Narbe und er musste auf seinen zwei Beinreihen regelrecht hinken. Ein Beinchen war übrigens im Laufe der vormittägigen Vorfälle schwer verletzt worden – es war fast ein Wunder, dass nur eines verletzt worden war – und schleppte leblos nach.

Erst bei der Tür merkte er, was ihn dorthin eigentlich gelockt hatte; es war der Geruch von etwas Essbarem gewesen. Denn dort stand ein Napf mit süßer Milch gefüllt, in der kleine Schnitten von Weißbrot schwammen. Fast hätte er vor Freude gelacht, denn er hatte noch größeren Hunger, als am Morgen, und gleich tauchte er seinen Kopf fast bis über die Augen in die Milch hinein. Aber bald zog er ihn enttäuscht wieder zurück; nicht nur, dass ihm das Essen wegen seiner heiklen linken Seite Schwierigkeiten machte – und er konnte nur essen, wenn der ganze Körper schnaufend mitarbeitete –, so schmeckte ihm überdies die Milch, die sonst sein Lieblingsgetränk war, und die ihm gewiss die Schwester deshalb hereingestellt hatte, gar nicht, ja er wandte sich fast mit Widerwillen von dem Napf ab und kroch in die Zimmermitte zurück.

Im Wohnzimmer war, wie Gregor durch die Türspalte sah, das Gas angezündet, aber während sonst zu dieser Tageszeit der Vater seine nachmittags erscheinende Zeitung der Mutter und manchmal auch der Schwester mit erhobener Stimme vorzulesen pflegte, hörte man jetzt keinen Laut. Nun vielleicht war dieses Vorlesen, von dem ihm die Schwester immer erzählte und schrieb, in der letzten Zeit überhaupt aus der Übung gekommen. Aber auch ringsherum war es so still, trotzdem doch gewiss die Wohnung nicht leer war. »Was für ein stilles Leben die Familie doch führte«, sagte sich Gregor und fühlte, während er starr vor sich ins Dunkle sah, einen großen Stolz darüber, dass er seinen Eltern und seiner Schwester ein solches Leben in einer so schönen Wohnung hatte verschaffen können. Wie aber, wenn jetzt alle Ruhe, aller Wohlstand, alle Zufriedenheit ein Ende mit Schrecken nehmen sollte? Um sich nicht in solche Gedanken zu verlieren, setzte sich Gregor lieber in Bewegung und kroch im Zimmer auf und ab.

Einmal während des langen Abends wurde die eine Seitentüre und einmal die andere bis zu einer kleinen Spalte geöffnet und rasch wieder geschlossen; jemand hatte wohl das Bedürfnis hereinzukommen, aber auch wieder zu viele Bedenken. Gregor machte nun unmittelbar bei der Wohnzimmertür halt, entschlossen, den zögernden Besucher doch irgendwie hereinzubringen oder doch wenigstens zu erfahren, wer es sei; aber nun wurde die Tür nicht mehr geöffnet und Gregor wartete vergebens. Früh, als die Türen versperrt waren, hatten alle zu ihm hereinkommen wollen, jetzt, da er die eine Tür geöffnet hatte und die anderen offenbar während des Tages geöffnet worden waren, kam keiner mehr, und die Schlüssel steckten nun auch von außen.

Spät erst in der Nacht wurde das Licht im Wohnzimmer ausgelöscht, und nun war leicht festzustellen, dass die Eltern und die Schwester so lange wachgeblieben waren, denn wie man genau hören konnte, entfernten sich jetzt alle drei auf den Fußspitzen. Nun kam gewiss bis zum Morgen niemand mehr zu Gregor herein; er hatte also eine lange Zeit, um ungestört zu überlegen, wie er sein Leben jetzt neu ordnen sollte. Aber das hohe freie Zimmer, in dem er gezwungen war, flach auf dem Boden zu liegen, ängstigte ihn, ohne dass

...die Ursache herausfinden könnte, denn es war ja sein seit fünf Jahren von ihm bewohntes Zimmer – und mit einer halb unbewussten Wendung und nicht ohne eine leichte Scham eilte er unter das Kanapee, wo er sich, trotzdem sein Rücken ein wenig gedrückt wurde und trotzdem er den Kopf nicht mehr erheben konnte, gleich sehr behaglich fühlte und nur bedauerte, dass sein Körper zu breit war, um vollständig unter dem Kanapee untergebracht zu werden.

Dort blieb er die ganze Nacht, die er zum Teil im Halbschlaf, aus dem ihn der Hunger immer wieder aufschreckte, verbrachte, zum Teil aber in Sorgen und undeutlichen Hoffnungen, die aber alle zu dem Schlusse führten, dass er sich vorläufig ruhig verhalten und durch Geduld und größte Rücksichtnahme der Familie die Unannehmlichkeiten erträglich machen müsse, die er ihr in seinem gegenwärtigen Zustand nun einmal zu verursachen gezwungen war.

Schon am frühen Morgen, es war fast noch Nacht, hatte Gregor Gelegenheit, die Kraft seiner eben gefassten Entschlüsse zu prüfen, denn vom Vorzimmer her öffnete die Schwester, fast völlig angezogen, die Tür und sah mit Spannung herein. Sie fand ihn nicht gleich, aber als sie ihn unter dem Kanapee bemerkte – Gott, er musste doch irgendwo sein, er hatte doch nicht wegfliegen können – erschrak sie so sehr, dass sie, ohne sich beherrschen zu können, die Tür von außen wieder zuschlug. Aber als bereue sie ihr Benehmen, öffnete sie die Tür sofort wieder und trat, als sei sie bei einem Schwerkranken oder gar bei einem Fremden, auf den Fußspitzen herein. Gregor hatte den Kopf bis knapp zum Rande des Kanapees vorgeschoben und beobachtete sie. Ob sie wohl bemerken würde, dass er die Milch stehen gelassen hatte, und zwar keineswegs aus Mangel an Hunger, und ob sie eine andere Speise hereinbringen würde, die ihm besser entsprach? Täte sie es nicht von selbst, er wollte lieber verhungern, als sie darauf aufmerksam machen, trotzdem es ihn eigentlich ungeheuer drängte, unterm Kanapee vorzuschießen, sich der Schwester zu Füßen zu werfen und sie um irgendetwas Gutes zum Essen zu bitten. Aber die

Schwester bemerkte sofort mit Verwunderung den noch vollen Napf, aus dem nur ein wenig Milch ringsherum verschüttet war, sie hob ihn gleich auf, zwar nicht mit den bloßen Händen, sondern mit einem Fetzen, und trug ihn hinaus. Gregor war äußerst neugierig, was sie zum Ersatze bringen würde, und er machte sich die verschiedensten Gedanken darüber. Niemals aber hätte er erraten können, was die Schwester in ihrer Güte wirklich tat. Sie brachte ihm, um seinen Geschmack zu prüfen, eine ganze Auswahl, alles auf einer alten Zeitung ausgebreitet. Da war altes halbverfaultes Gemüse; Knochen vom Nachtmahl her, die von festgewordener weißer Sauce umgeben waren; ein paar Rosinen und Mandeln; ein Käse, den Gregor vor zwei Tagen für ungenießbar erklärt hatte; ein trockenes Brot, ein mit Butter beschmiertes Brot und ein mit Butter beschmiertes und gesalzenes Brot. Außerdem stellte sie zu dem allen noch den wahrscheinlich ein für allemal für Gregor bestimmten Napf, in den sie Wasser gegossen hatte. Und aus Zartgefühl, da sie wusste, dass Gregor vor ihr nicht essen würde, entfernte sie sich eiligst und drehte sogar den Schlüssel um, damit nur Gregor merken könne, dass er es sich so behaglich machen dürfe, wie er wolle. Gregors Beinchen schwirrten, als es jetzt zum Essen ging. Seine Wunden mussten übrigens auch schon vollständig geheilt sein, er fühlte keine Behinderung mehr, er staunte darüber und dachte daran, wie er vor mehr als einem Monat sich mit dem Messer ganz wenig in den Finger geschnitten, und wie ihm diese Wunde noch vorgestern genug wehgetan hatte. »Sollte ich jetzt weniger Feingefühl haben?«, dachte er und saugte schon gierig an dem Käse, zu dem es ihn vor allen anderen Speisen sofort und nachdrücklich gezogen hatte. Rasch hintereinander und mit vor Befriedigung tränenden Augen verzehrte er den Käse, das Gemüse und die Sauce; die frischen Speisen dagegen schmeckten ihm nicht, er konnte nicht einmal ihren Geruch vertragen und schleppte sogar die Sachen, die er essen wollte, ein Stückchen weiter weg. Er war schon längst mit allem fertig und lag nur noch faul auf der gleichen Stelle, als die Schwester zum Zeichen, dass er sich zurückziehen solle, langsam den Schlüssel umdrehte. Das schreckte ihn sofort auf, trotzdem er schon fast schlummerte, und er eilte wieder unter das Kanapee. Aber es kostete ihn große Selbstüberwindung, auch nur die kurze Zeit, während welcher die Schwester im Zimmer war, unter dem Kanapee zu bleiben, denn von dem reichlichen Essen hatte sich sein Leib ein wenig gerundet und er konnte dort in der Enge kaum atmen. Unter kleinen Erstickungsanfällen sah er mit etwas hervorgequollenen Augen zu, wie die nichtsahnende Schwester mit einem Besen nicht nur die Überbleibsel zusammenkehrte, sondern selbst die von Gregor gar nicht berührten Speisen, als seien also auch diese nicht mehr zu gebrauchen, und wie sie alles hastig in einen Kübel schüttete, den sie mit einem Holzdeckel schloss, worauf sie alles hinaustrug. Kaum hatte sie sich umgedreht, zog sich schon Gregor unter dem Kanapee hervor und streckte und blähte sich.

Auf diese Weise bekam nun Gregor täglich sein Essen, einmal am Morgen, wenn die Eltern und das Dienstmädchen noch schliefen, das zweite Mal nach dem allgemeinen Mittagessen, denn dann schliefen die Eltern gleichfalls noch ein Weilchen, und das Dienstmädchen wurde von der Schwester mit irgendeiner Besorgung weggeschickt. Gewiss wollten auch sie nicht, dass Gregor verhungere, aber vielleicht hätten sie es nicht ertragen können, von seinem Essen mehr als durch Hörensagen zu erfahren, vielleicht wollte die Schwester ihnen auch eine möglicherweise nur kleine Trauer ersparen, denn tatsächlich litten sie ja gerade genug.

Mit welchen Ausreden man an jenem ersten Vormittag den Arzt und den Schlosser wieder aus der Wohnung geschafft hatte, konnte Gregor gar nicht erfahren, denn da er nicht verstanden wurde, dachte niemand daran, auch die Schwester nicht, dass er die Anderen verstehen könne, und so musste er sich, wenn die Schwester in seinem Zimmer war, damit begnügen, nur hier und da ihre Seufzer und Anrufe der Heiligen zu hören. Erst später, als sie sich ein wenig an alles gewöhnt hatte – von vollständiger Gewöhnung konnte natürlich niemals die Rede sein –, erhaschte Gregor manchmal eine Bemerkung, die freundlich gemeint war oder so gedeutet werden konnte. »Heute hat es ihm aber geschmeckt«, sagte sie, wenn Gregor unter dem Essen tüchtig aufgeräumt hatte, während sie im gegenteiligen Fall, der sich allmählich immer häufiger wiederholte, fast traurig zu sagen pflegte: »Nun ist wieder alles stehen geblieben.«

Während aber Gregor unmittelbar keine Neuigkeit erfahren konnte, erhorchte er manches aus den Nebenzimmern, und wo er nur einmal Stimmen hörte, lief er gleich zu der betreffenden Tür und drückte sich mit ganzem Leib an sie. Besonders in der ersten Zeit gab es kein Gespräch, das nicht irgendwie, wenn auch nur im geheimen, von ihm handelte. Zwei Tage lang waren bei allen Mahlzeiten Beratungen darüber zu hören, wie man sich jetzt verhalten solle; aber auch zwischen den Mahlzeiten sprach man über das gleiche Thema, denn immer waren zumindest zwei Familienmitglieder zu Hause, da wohl niemand allein zu Hause bleiben wollte und man die Wohnung doch auf keinen Fall gänzlich verlassen konnte. Auch hatte das Dienstmädchen gleich am ersten Tag – es war nicht ganz klar, was und wieviel sie von dem Vorgefallenen wusste – kniefällig die Mutter gebeten, sie sofort zu entlassen, und als sie sich eine Viertelstunde danach verabschiedete, dankte sie für die Entlassung unter Tränen, wie für die größte Wohltat, die man ihr hier erwiesen hatte, und gab, ohne dass man es von ihr verlangte, einen fürchterlichen Schwur ab, niemandem auch nur das Geringste zu verraten.

Nun musste die Schwester im Verein mit der Mutter auch kochen; allerdings machte das nicht viel Mühe, denn man aß fast nichts. Immer wieder hörte Gregor, wie der eine den anderen vergebens zum Essen aufforderte und keine andere Antwort bekam, als: »Danke, ich habe genug« oder etwas Ähnliches. Getrunken wurde vielleicht auch nichts. Öfters fragte die Schwester den Vater, ob er Bier haben wolle, und herzlich erbot sie sich, es selbst zu holen, und als der Vater schwieg, sagte sie, um ihm jedes Bedenken zu nehmen, sie komme auch die Hausmeisterin darum schicken, aber dann sagte der Vater schließlich ein großes »Nein«, und es wurde nicht mehr davon gesprochen.

Schon im Laufe des ersten Tages legte der Vater die ganzen Vermögensverhältnisse und Aussichten sowohl der Mutter, als auch der Schwester dar. Hie und da stand er vom Tische auf und holte aus seiner kleinen Wertheimkassa, die er aus dem vor fünf Jahren erfolgten Zusammenbruch seines Geschäftes gerettet hatte, irgendeinen Beleg oder irgendein Vormerkbuch. Man hörte, wie er das komplizierte Schloss aufsperrte und nach Entnahme des Gesuchten wieder verschloss. Diese Erklärungen des Vaters waren zum Teil das erste Erfreuliche, was Gregor seit seiner Gefangenschaft zu hören bekam. Er war der Meinung gewesen, dass dem Vater von jenem Geschäft her nicht das Geringste übrig geblieben war, zumindest hatte ihm der Vater nichts Gegenteiliges gesagt, und Gregor allerdings hatte ihn auch nicht darum gefragt. Gregors Sorge war damals nur gewesen, alles daranzusetzen, um die Familie das geschäftliche Unglück, das alle in eine vollständige Hoffnungslosigkeit gebracht hatte, möglichst rasch vergessen zu lassen. Und so hatte er damals mit ganz besonderem Feuer zu arbeiten angefangen und war fast über Nacht aus einem kleinen Kommis ein Reisender geworden, der natürlich ganz andere Möglichkeiten des Geldverdienens hatte, und dessen Arbeitserfolge sich sofort in Form der Provision zu Bargeld verwandelten, das der erstaunten und beglückten Familie zu Hause auf den Tisch gelegt werden konnte. Es waren schöne Zeiten gewesen, und niemals nachher hatten sie sich, wenigstens in diesem Glanze, wiederholt, trotzdem Gregor später so viel Geld verdiente, dass er den Aufwand der ganzen Familie zu tragen imstande war und auch trug. Man hatte sich eben daran gewöhnt, sowohl die Familie, als auch Gregor, man nahm das Geld dankbar an, er lieferte es gern ab, aber eine besondere Wärme wollte sich nicht mehr ergeben. Nur die Schwester war Gregor doch noch nahe geblieben, und es war sein geheimer Plan, sie, die zum Unterschied von Gregor Musik sehr liebte und rührend Violine zu spielen verstand, nächstes Jahr, ohne Rücksicht auf die großen Kosten, die das verursachen musste, und die man schon auf andere Weise hereinbringen würde, auf das Konservatorium zu schicken. Öfters während der kurzen Aufenthalte Gregors in der Stadt wurde in den Gesprächen mit der Schwester das Konservatorium erwähnt, aber immer nur als schöner Traum, an dessen Verwirklichung nicht zu denken war, und die Eltern hörten nicht einmal diese unschuldigen Erwähnungen gern; aber Gregor dachte sehr bestimmt daran und beabsichtigte, es am Weihnachtsabend feierlich zu erklären.

Solche in seinem gegenwärtigen Zustand ganz nutzlose Gedanken gingen ihm durch den Kopf, während er dort aufrecht an der Türe klebte und horchte. Manchmal konnte er vor allgemeiner Müdigkeit gar nicht mehr zuhören und ließ den Kopf nachlässig gegen die Tür schlagen, hielt ihn aber sofort wieder fest, denn selbst das kleine Geräusch, das er damit verursacht hatte, war nebenan gehört worden und hatte alle verstummen lassen. »Was er nur wieder treibt«, sagte der Vater nach einer Weile, offenbar zur Türe hingewendet, und dann erst wurde das unterbrochene Gespräch allmählich wieder aufgenommen.

Gregor erfuhr nun zur Genüge – denn der Vater pflegte sich in seinen Erklärungen öfters zu wiederholen, teils, weil er selbst sich mit diesen Dingen schon lange nicht beschäftigt hatte, teils auch, weil die Mutter nicht alles gleich beim ersten Mal verstand –, dass trotz allen Unglücks ein allerdings ganz kleines Vermögen aus der alten Zeit noch vorhanden war, das die nicht angerührten Zinsen in der Zwischenzeit ein wenig hatten anwachsen lassen. Außerdem aber war das Geld, das Gregor allmonatlich nach Hause gebracht hatte – er selbst hatte nur ein paar Gulden für sich behalten –, nicht vollständig aufgebraucht worden und hatte sich zu einem kleinen Kapital angesammelt. Gregor, hinter seiner Türe, nickte eifrig, erfreut über diese unerwartete Vorsicht und Sparsamkeit. Eigentlich hätte er ja mit diesen überschüssigen Geldern die Schuld des Vaters gegenüber dem Chef weiter abgetragen haben können, und jener Tag, an dem er diesen Posten hätte loswerden können, wäre weit näher gewesen, aber jetzt war es zweifellos besser so, wie es der Vater eingerichtet hatte.

Nun genügte dieses Geld aber ganz und gar nicht, um die Familie etwa von den Zinsen leben zu lassen; es genügte vielleicht, um die Familie ein, höchstens zwei Jahre zu erhalten, mehr war es nicht. Es war also bloß eine Summe, die man eigentlich nicht angreifen durfte, und die für den Notfall zurückgelegt werden musste; das Geld zum Leben aber musste man verdienen. Nun war aber der Vater ein zwar gesunder, aber alter Mann, der schon fünf Jahre nichts gearbeitet hatte und sich jedenfalls nicht viel zutrauen durfte; er hatte in diesen fünf Jahren, welche die ersten Ferien seines mühevollen und doch erfolglosen Lebens waren, viel Fett angesetzt und war dadurch recht schwerfällig geworden. Und die alte Mutter sollte nun vielleicht Geld verdienen, die an Asthma litt, der eine Wanderung durch die Wohnung schon Anstrengung verursachte, und die jeden zweiten Tag in Atembeschwerden auf dem Sofa beim offenen Fenster verbrachte? Und die Schwester sollte Geld verdienen, die noch ein Kind war mit ihren siebzehn Jahren, und der ihre bisherige Lebensweise so sehr zu gönnen war, die daraus bestanden hatte, sich nett zu kleiden, lange zu schlafen, in der Wirtschaft mitzuhelfen, an ein paar bescheidenen Vergnügungen sich zu beteiligen und vor allem Violine zu spielen? Wenn die Rede auf diese Notwendigkeit des Geldverdienens kam, ließ zuerst immer Gregor die Türe los und warf sich auf das neben der Tür befindliche kühle Ledersofa, denn ihm war ganz heiß vor Beschämung und Trauer.

Oft lag er dort die ganzen langen Nächte über, schlief keinen Augenblick und scharrte nur stundenlang auf dem Leder. Oder er scheute nicht die große Mühe, einen Sessel zum Fenster zu schieben, dann die Fensterbrüstung hinaufzukriechen und, in den Sessel gestemmt, sich ans Fenster zu lehnen, offenbar nur in irgendeiner Erinnerung an das Befreiende, das früher für ihn darin gelegen war, aus dem Fen-

ster zu schauen. Denn tatsächlich sah er von Tag zu Tag die auch nur ein wenig entfernten Dinge immer undeutlicher; das gegenüberliegende Krankenhaus, dessen nur allzu häufigen Anblick er früher verflucht hatte, bekam er überhaupt
5 nicht mehr zu Gesicht, und wenn er nicht genau gewusst hätte, dass er in der stillen, aber völlig städtischen Charlottenstraße wohnte, hätte er glauben können, von seinem Fenster aus in eine Einöde zu schauen, in welcher der graue Himmel und die graue Erde ununterscheidbar sich vereinig-
10 ten. Nur zweimal hatte die aufmerksame Schwester sehen müssen, dass der Sessel beim Fenster stand, als sie schon jedes Mal, nachdem sie das Zimmer aufgeräumt hatte, den Sessel wieder genau zum Fenster hinschob, ja sogar von nun ab den inneren Fensterflügel offen ließ.

15 Hätte Gregor nur mit der Schwester sprechen und ihr für alles danken können, was sie für ihn machen musste, er hätte ihre Dienste leichter ertragen; so aber litt er darunter. Die Schwester suchte freilich die Peinlichkeit des Ganzen möglichst zu verwischen, und je längere Zeit verging, desto
20 besser gelang es ihr natürlich auch, aber auch Gregor durchschaute mit der Zeit alles viel genauer. Schon ihr Eintritt war für ihn schrecklich. Kaum war sie eingetreten, lief sie, ohne sich Zeit zu nehmen, die Türe zu schließen, so sehr sie sonst darauf achtete, jedem den Anblick von Gregors Zim-
25 mer zu ersparen, geradewegs zum Fenster und riss es, als ersticke sie fast, mit hastigen Händen auf, blieb auch, selbst wenn es noch so kalt war, ein Weilchen beim Fenster und atmete tief. Mit diesem Laufen und Lärmen erschreckte sie Gregor täglich zweimal; die ganze Zeit über zitterte er unter
30 dem Kanapee und wusste doch sehr gut, dass sie ihn gewiss gerne damit verschont hätte, wenn es ihr nur möglich gewesen wäre, sich in einem Zimmer, in dem sich Gregor befand, bei geschlossenem Fenster aufzuhalten.

Einmal, es war wohl schon ein Monat seit Gregors Ver-
35 wandlung vergangen, und es war doch schon für die Schwester kein besonderer Grund mehr, über Gregors Aussehen in Erstaunen zu geraten, kam sie ein wenig früher als sonst

und traf Gregor noch an, wie er, unbeweglich und so recht zum Erschrecken aufgestellt, aus dem Fenster schaute. Es wäre für Gregor nicht unerwartet gewesen, wenn sie nicht eingetreten wäre, da er sie durch seine Stellung verhinderte, sofort das Fenster zu öffnen, aber sie trat nicht nur nicht ein, sie fuhr sogar zurück und schloss die Tür; ein Fremder hätte geradezu denken können, Gregor habe ihr aufgelauert und habe sie beißen wollen. Gregor versteckte sich natürlich sofort unter dem Kanapee, aber er musste bis zum Mittag warten, ehe die Schwester wiederkam, und sie schien viel unruhiger als sonst. Er erkannte daraus, dass ihr sein Anblick noch immer unerträglich war und ihr auch weiterhin unerträglich bleiben müsse, und dass sie sich wohl sehr überwinden musste, vor dem Anblick auch nur der kleinen Partie seines Körpers nicht davonzulaufen, mit der er unter dem Kanapee hervorragte. Um ihr auch diesen Anblick zu ersparen, trug er eines Tages auf seinem Rücken – er brauchte zu dieser Arbeit vier Stunden – das Leintuch auf das Kanapee und ordnete es in einer solchen Weise an, dass er nun gänzlich verdeckt war, und dass die Schwester, selbst wenn sie sich bückte, ihn nicht sehen konnte. Wäre dieses Leintuch ihrer Meinung nach nicht nötig gewesen, dann hätte sie es ja entfernen können, denn dass es nicht zum Vergnügen Gregors gehören konnte, sich so ganz und gar abzusperren, war doch klar genug, aber sie ließ das Leintuch, so wie es war, und Gregor glaubte sogar einen dankbaren Blick erhascht zu haben, als er einmal mit dem Kopf vorsichtig das Leintuch ein wenig lüftete, um nachzusehen, wie die Schwester die neue Einrichtung aufnahm.

In den ersten vierzehn Tagen konnten es die Eltern nicht über sich bringen, zu ihm hereinzukommen, und er hörte oft, wie sie die jetzige Arbeit der Schwester völlig anerkannten, während sie sich bisher häufig über die Schwester geärgert hatten, weil sie ihnen als ein etwas nutzloses Mädchen erschienen war. Nun aber warteten oft beide, der Vater und die Mutter, vor Gregors Zimmer, während die Schwester dort aufräumte, und kaum war sie herausgekommen, musste

34

sie ganz genau erzählen, wie es in dem Zimmer aussah, was Gregor gegessen hatte, wie er sich diesmal benommen hatte, und ob vielleicht eine kleine Besserung zu bemerken war. Die Mutter übrigens wollte verhältnismäßig bald Gregor besuchen, aber der Vater und die Schwester hielten sie zuerst mit Vernunftgründen zurück, denen Gregor sehr aufmerksam zuhörte, und die er vollständig billigte. Später aber musste man sie mit Gewalt zurückhalten, und wenn sie dann rief: »Lasst mich doch zu Gregor, er ist ja mein unglücklicher Sohn! Begreift ihr es denn nicht, dass ich zu ihm muss?«, dann dachte Gregor, dass es vielleicht doch gut wäre, wenn die Mutter hereinkäme, nicht jeden Tag natürlich, aber vielleicht einmal in der Woche; sie verstand doch alles viel besser als die Schwester, die trotz all ihrem Mute doch nur ein Kind war und im letzten Grunde vielleicht nur aus kindlichem Leichtsinn eine so schwere Aufgabe übernommen hatte.

Der Wunsch Gregors, die Mutter zu sehen, ging bald in Erfüllung. Während des Tages wollte Gregor schon aus Rücksicht auf seine Eltern sich nicht beim Fenster zeigen, kriechen konnte er aber auf den paar Quadratmetern des Fußbodens auch nicht viel, das ruhige Liegen ertrug er schon während der Nacht schwer, das Essen machte ihm bald nicht mehr das geringste Vergnügen, und so nahm er zur Zerstreuung die Gewohnheit an, kreuz und quer über Wände und Plafond zu kriechen. Besonders oben auf der Decke hing er gern; es war ganz anders, als das Liegen auf dem Fußboden; man atmete freier; ein leichtes Schwingen ging durch den Körper; und in der fast glücklichen Zerstreutheit, in der sich Gregor dort oben befand, konnte es geschehen, dass er zu seiner eigenen Überraschung sich losließ und auf den Boden klatschte. Aber nun hatte er natürlich seinen Körper ganz anders in der Gewalt als früher und beschädigte sich selbst bei einem so großen Falle nicht. Die Schwester nun bemerkte sofort die neue Unterhaltung, die Gregor für sich gefunden hatte – er hinterließ ja auch beim Kriechen hie und da Spuren seines Klebstoffes –, und da setzte sie es sich in den Kopf, Gregor das Kriechen in größtem Ausmaße zu ermöglichen und die Möbel, die es verhinderten, also vor allem den Kasten und den Schreibtisch, wegzuschaffen. Nun war sie aber nicht imstande, dies allein zu tun; den Vater wagte sie nicht um Hilfe zu bitten; das Dienstmädchen hätte ihr ganz gewiss nicht geholfen, denn dieses etwa sechzehnjährige Mädchen harrte zwar tapfer seit Entlassung der früheren Köchin aus, hatte aber um die Vergünstigung gebeten, die Küche unaufhörlich versperrt halten zu dürfen und nur auf besonderen Anruf öffnen zu müssen; so blieb der Schwester also nichts übrig, als einmal in Abwesenheit des Vaters die Mutter zu holen. Mit Ausrufen erregter Freude kam die Mutter auch heran, verstummte aber an der Tür vor Gregors Zimmer. Zuerst sah natürlich die Schwester nach, ob alles im Zimmer in Ordnung war; dann erst ließ sie die Mutter eintreten. Gregor hatte in größter Eile das Leintuch noch tiefer und mehr in Falten gezogen, das Ganze sah wirklich nur wie ein zufällig über das Kanapee geworfenes Leintuch aus. Gregor unterließ auch diesmal, unter dem Leintuch zu spionieren; er verzichtete darauf, die Mutter schon diesmal zu sehen, und war nur froh, dass sie nun doch gekommen war. »Komm nur, man sieht ihn nicht«, sagte die Schwester, und offenbar führte sie die Mutter an der Hand. Gregor hörte nun, wie die zwei schwachen Frauen den immerhin schweren alten Kasten von seinem Platze rückten, und wie die Schwester immerfort den größten Teil der Arbeit für sich beanspruchte, ohne auf die Warnungen der Mutter zu hören, welche fürchtete, dass sie sich überanstrengen werde. Es dauerte sehr lange. Wohl nach schon viertelstündiger Arbeit sagte die Mutter, man solle den Kasten doch lieber hier lassen, denn erstens sei er zu schwer, sie würden vor Ankunft des Vaters nicht fertig werden und mit dem Kasten in der Mitte des Zimmers Gregor jeden Weg verrammeln, zweitens aber sei es doch gar nicht sicher, dass Gregor mit der Entfernung der Möbel ein Gefallen geschehe. Ihr scheine das Gegenteil der Fall zu sein; ihr bedrücke der Anblick der leeren Wand ge-

radezu das Herz; und warum solle nicht auch Gregor diese
Empfindung haben, da er doch an die Zimmermöbel längst
gewöhnt sei und sich deshalb im leeren Zimmer verlassen
fühlen werde. »Und ist es dann nicht so«, schloss die Mutter
ganz leise, wie sie überhaupt fast flüsterte, als wolle sie vermeiden, dass Gregor, dessen genauen Aufenthalt sie ja nicht
kannte, auch nur den Klang der Stimme höre, denn dass er
die Worte nicht verstand, davon war sie überzeugt, »und ist
es nicht so, als ob wir durch die Entfernung der Möbel zeig-
ten, dass wir jede Hoffnung auf Besserung aufgeben und ihn
rücksichtslos sich selbst überlassen? Ich glaube, es wäre das
Beste, wir suchen das Zimmer genau in dem Zustand zu erhalten, in dem es früher war, damit Gregor, wenn er wieder
zu uns zurückkommt, alles unverändert findet und umso
leichter die Zwischenzeit vergessen kann.«

Beim Anhören dieser Worte der Mutter erkannte Gregor,
dass der Mangel jeder unmittelbaren menschlichen Anspra-
che, verbunden mit dem einförmigen Leben inmitten der
Familie, im Laufe dieser zwei Monate seinen Verstand hatte
verwirren müssen, denn anders konnte er es sich nicht erklären, dass er ernsthaft danach hatte verlangen können,
dass sein Zimmer ausgeleert würde. Hatte er wirklich Lust,
das warme, mit ererbten Möbeln gemütlich ausgestattete
Zimmer in eine Höhle verwandeln zu lassen, in der er dann
freilich nach allen Richtungen ungestört würde kriechen
können, jedoch auch unter gleichzeitigem, schnellen, gänzlichen Vergessen seiner menschlichen Vergangenheit? War er
doch jetzt schon nahe daran, zu vergessen, und nur die seit
langem nicht gehörte Stimme der Mutter hatte ihn aufge-
rüttelt. Nichts sollte entfernt werden; alles musste bleiben;
die guten Einwirkungen der Möbel auf seinen Zustand
konnte er nicht entbehren; und wenn die Möbel ihn hinder-
ten, das sinnlose Herumkriechen zu betreiben, so war es
kein Schaden, sondern ein großer Vorteil.

Aber die Schwester war leider anderer Meinung; sie hatte
sich, allerdings nicht ganz unberechtigt, angewöhnt, bei
Besprechung der Angelegenheiten Gregors als besonders

Sachverständige gegenüber den Eltern aufzutreten, und so war auch jetzt der Rat der Mutter für die Schwester Grund genug, auf der Entfernung nicht nur des Kastens und des Schreibtisches, an die sie zuerst allein gedacht hatte, sondern auf der Entfernung sämtlicher Möbel, mit Ausnahme des unentbehrlichen Kanapees, zu bestehen. Es war natürlich nicht nur kindlicher Trotz und das in der letzten Zeit so unerwartet und schwer erworbene Selbstvertrauen, das sie zu dieser Forderung bestimmte; sie hatte doch auch tatsächlich beobachtet, dass Gregor viel Raum zum Kriechen brauchte, dagegen die Möbel, so weit man sehen konnte, nicht im Geringsten benützte. Vielleicht aber spielte auch der schwärmerische Sinn der Mädchen ihres Alters mit, der bei jeder Gelegenheit seine Befriedigung sucht, und durch den Grete jetzt sich dazu verlocken ließ, die Lage Gregors noch schreckenerregender machen zu wollen, um dann noch mehr als bis jetzt für ihn leisten zu können. Denn in einen Raum, in dem Gregor ganz allein die leeren Wände beherrschte, würde wohl kein Mensch außer Grete jemals einzutreten sich getrauen.

Und so ließ sie sich von ihrem Entschlusse durch die Mutter nicht abbringen, die auch in diesem Zimmer vor lauter Unruhe unsicher schien, bald verstummte und der Schwester nach Kräften beim Hinausschaffen des Kastens half. Nun, den Kasten konnte Gregor im Notfall noch entbehren, aber schon der Schreibtisch musste bleiben. Und kaum hatten die Frauen mit dem Kasten, an den sie sich ächzend drückten, das Zimmer verlassen, als Gregor den Kopf unter dem Kanapee hervorstieß, um zu sehen, wie er vorsichtig und möglichst rücksichtsvoll eingreifen könnte. Aber zum Unglück war es gerade die Mutter, welche zuerst zurückkehrte, während Grete im Nebenzimmer den Kasten umfangen hielt und ihn allein hin und her schwang, ohne ihn natürlich von der Stelle zu bringen. Die Mutter aber war Gregors Anblick nicht gewöhnt, er hätte sie krank machen können, und so eilte Gregor erschrocken im Rückwärtslauf bis an das andere Ende des Kanapees, konnte es aber nicht mehr verhindern, dass das Leintuch vorne ein wenig sich bewegte. Das genügte, um die Mutter aufmerksam zu machen. Sie stockte, stand einen Augenblick still und ging dann zu Grete zurück.

5 Trotzdem sich Gregor immer wieder sagte, dass ja nichts Außergewöhnliches geschehe, sondern nur ein paar Möbel umgestellt würden, wirkte doch, wie er sich bald eingestehen musste, dieses Hin- und Hergehen der Frauen, ihre kleinen Zurufe, das Kratzen der Möbel auf dem Boden, wie 10 ein großer, von allen Seiten genährter Trubel auf ihn, und er musste sich, so fest er Kopf und Beine an sich zog und den Leib bis an den Boden drückte, unweigerlich sagen, dass er das Ganze nicht lange aushalten werde. Sie räumten ihm sein Zimmer aus; nahmen ihm alles, was ihm lieb war; den 15 Kasten, in dem die Laubsäge und andere Werkzeuge lagen, hatten sie schon hinausgetragen; lockerten jetzt den schon im Boden fest eingegrabenen Schreibtisch, an dem er als Handelsakademiker, als Bürgerschüler, ja sogar schon als Volksschüler seine Aufgaben geschrieben hatte, – da hatte er 20 wirklich keine Zeit mehr, die guten Absichten zu prüfen, welche die zwei Frauen hatten, deren Existenz er übrigens fast vergessen hatte, denn vor Erschöpfung arbeiteten sie schon stumm, und man hörte nur das schwere Tappen ihrer Füße.

25 Und so brach er denn hervor – die Frauen stützten sich gerade im Nebenzimmer an den Schreibtisch, um ein wenig zu verschnaufen –, wechselte viermal die Richtung des Laufes, er wusste wirklich nicht, was er zuerst retten sollte, da sah er an der im Übrigen schon leeren Wand auffallend das 30 Bild der in lauter Pelzwerk gekleideten Dame hängen, kroch eilends hinauf und presste sich an das Glas, das ihn festhielt und seinem heißen Bauch wohltat. Dieses Bild wenigstens, das Gregor jetzt ganz verdeckte, würde nun gewiss niemand wegnehmen. Er verdrehte den Kopf nach der 35 Tür des Wohnzimmers, um die Frauen bei ihrer Rückkehr zu beobachten.

Sie hatten sich nicht viel Ruhe gegönnt und kamen schon

wieder; Grete hatte den Arm um die Mutter gelegt und trug
sie fast. »Also was nehmen wir jetzt?«, sagte Grete und sah
sich um. Da kreuzten sich ihre Blicke mit denen Gregors an
der Wand. Wohl nur infolge der Gegenwart der Mutter be-
hielt sie ihre Fassung, beugte ihr Gesicht zur Mutter, um
diese vom Herumschauen abzuhalten, und sagte, allerdings
zitternd und unüberlegt: »Komm, wollen wir nicht lieber
auf einen Augenblick noch ins Wohnzimmer zurückgehen?« Die Absicht Gretes war für Gregor klar, sie wollte
die Mutter in Sicherheit bringen und dann ihn von der
Wand hinunterjagen. Nun, sie konnte es ja immerhin versuchen! Er saß auf seinem Bild und gab es nicht her. Lieber
würde er Grete ins Gesicht springen.

Aber Gretes Worte hatten die Mutter erst recht beunru-
higt, sie trat zur Seite, erblickte den riesigen braunen Fleck
auf der geblümten Tapete, rief, ehe ihr eigentlich zum Bewusstsein kam, dass das Gregor war, was sie sah, mit schrei-
ender, rauher Stimme: »Ach Gott, ach Gott!« und fiel mit
ausgebreiteten Armen, als gebe sie alles auf, über das Kanapee hin und rührte sich nicht. »Du, Gregor!«, rief die
Schwester mit erhobener Faust und eindringlichen Blicken.
Es waren seit der Verwandlung die ersten Worte, die sie unmittelbar an ihn gerichtet hatte. Sie lief ins Nebenzimmer,
um irgendeine Essenz zu holen, mit der sie die Mutter aus
ihrer Ohnmacht wecken könnte; Gregor wollte auch helfen
– zur Rettung des Bildes war noch Zeit –; er klebte aber fest
an dem Glas und musste sich mit Gewalt losreißen; er lief
dann auch ins Nebenzimmer, als könne er der Schwester irgendeinen Rat geben, wie in früherer Zeit; musste dann
aber untätig hinter ihr stehen; während sie in verschiedenen
Fläschchen kramte, erschreckte sie noch, als sie sich umdrehte; eine Flasche fiel auf den Boden und zerbrach; ein
Splitter verletzte Gregor im Gesicht, irgendeine ätzende
Medizin umfloss ihn; Grete nahm nun, ohne sich länger
aufzuhalten, so viel Fläschchen, als sie nur halten konnte,
und rannte mit ihnen zur Mutter hinein; die Tür schlug sie
mit dem Fuße zu. Gregor war nun von der Mutter abge-

schlossen, die durch seine Schuld vielleicht dem Tode nahe war; die Tür durfte er nicht öffnen, wollte er die Schwester, die bei der Mutter bleiben musste, nicht verjagen; er hatte jetzt nichts zu tun, als zu warten; und von Selbstvorwürfen und Besorgnis bedrängt, begann er zu kriechen, überkroch alles, Wände, Möbel und Zimmerdecke und fiel endlich in seiner Verzweiflung, als sich das ganze Zimmer schon um ihn zu drehen anfing, mitten auf den großen Tisch.

Es verging eine kleine Weile, Gregor lag matt da, ringsherum war es still, vielleicht war das ein gutes Zeichen. Da läutete es. Das Mädchen war natürlich in ihrer Küche eingesperrt und Grete musste daher öffnen gehen. Der Vater war gekommen. »Was ist geschehen?«, waren seine ersten Worte; Gretes Aussehen hatte ihm wohl alles verraten. Grete antwortete mit dumpfer Stimme, offenbar drückte sie ihr Gesicht an des Vaters Brust: »Die Mutter war ohnmächtig, aber es geht ihr schon besser. Gregor ist ausgebrochen.« »Ich habe es ja erwartet«, sagte der Vater, »ich habe es euch ja immer gesagt, aber ihr Frauen wollt nicht hören.« Gregor war es klar, dass der Vater Gretes allzu kurze Mitteilung schlecht gedeutet hatte und annahm, dass Gregor sich irgendeine Gewalttat habe zuschulden kommen lassen. Deshalb musste Gregor den Vater jetzt zu besänftigen suchen, denn ihn aufzuklären hatte er weder Zeit noch Möglichkeit. Und so flüchtete er sich zur Tür seines Zimmers und drückte sich an sie, damit der Vater beim Eintritt vom Vorzimmer her gleich sehen könne, dass Gregor die beste Absicht habe, sofort in sein Zimmer zurückzukehren, und dass es nicht nötig sei, ihn zurückzutreiben, sondern dass man nur die Tür zu öffnen brauche, und gleich werde er verschwinden.

Aber der Vater war nicht in der Stimmung, solche Feinheiten zu bemerken; »Ah!«, rief er gleich beim Eintritt in einem Tone, als sei er gleichzeitig wütend und froh. Gregor zog den Kopf von der Tür zurück und hob ihn gegen den Vater. So hatte er sich den Vater wirklich nicht vorgestellt, wie er jetzt dastand; allerdings hatte er in der letzten Zeit über dem neuartigen Herumkriechen versäumt, sich so wie früher um die Vorgänge in der übrigen Wohnung zu kümmern, und hätte eigentlich darauf gefasst sein müssen, veränderte Verhältnisse anzutreffen. Trotzdem, trotzdem, war das noch der Vater? Der gleiche Mann, der müde im Bett vergraben lag, wenn früher Gregor zu einer Geschäftsreise ausgerückt war; der ihn an Abenden der Heimkehr im Schlafrock im Lehnstuhl empfangen hatte; gar nicht recht imstande war, aufzustehen, sondern zum Zeichen der Freude nur die Arme gehoben hatte, und der bei den seltenen gemeinsamen Spaziergängen an ein paar Sonntagen im Jahr und an den höchsten Feiertagen zwischen Gregor und der Mutter, die schon an und für sich langsam gingen, immer noch ein wenig langsamer, in seinen alten Mantel eingepackt, mit stets vorsichtig aufgesetztem Krückstock sich vorwärts arbeitete und, wenn er etwas sagen wollte, fast immer stillstand und seine Begleitung um sich versammelte? Nun aber war er recht gut aufgerichtet; in eine straffe blaue Uniform mit Goldknöpfen gekleidet, wie sie Diener der Bankinstitute tragen; über dem hohen steifen Kragen des Rockes entwickelte sich sein starkes Doppelkinn; unter den buschigen Augenbrauen drang der Blick der schwarzen Augen frisch und aufmerksam hervor; das sonst zerzauste weiße Haar war zu einer peinlich genauen, leuchtenden Scheitelfrisur niedergekämmt. Er warf seine Mütze, auf der ein Goldmonogramm, wahrscheinlich das einer Bank, angebracht war, über das ganze Zimmer im Bogen auf das Kanapee hin und ging, die Enden seines langen Uniformrockes zurückgeschlagen, die Hände in den Hosentaschen, mit verbissenem Gesicht auf Gregor zu. Er wusste wohl selbst nicht, was er vorhatte; immerhin hob er die Füße ungewöhnlich hoch, und Gregor staunte über die Riesengröße seiner Stiefelsohlen. Doch hielt er sich dabei nicht auf, er wusste ja noch vom ersten Tage seines neuen Lebens her, dass der Vater ihm gegenüber nur die größte Strenge für angebracht ansah. Und so lief er vor dem Vater her, stockte, wenn der Vater stehen blieb, und eilte schon wieder vorwärts, wenn sich der Vater nur rührte. So machten sie mehrmals die Runde um das Zimmer, ohne dass sich etwas Entscheidendes ereignete, ja ohne dass das Ganze infolge seines langsamen Tempos den Anschein einer Verfolgung gehabt hätte. Deshalb blieb auch Gregor vorläufig auf dem Fußboden, zumal er fürchtete, der Vater könnte eine Flucht auf die Wände oder den Plafond für besondere Bosheit halten. Allerdings musste sich Gregor sagen, dass er sogar dieses Laufen nicht lange aushalten würde, denn während der Vater einen Schritt machte, musste er eine Unzahl von Bewegungen ausführen. Atemnot begann sich schon bemerkbar zu machen, wie er ja auch in seiner früheren Zeit keine ganz vertrauenswürdige Lunge besessen hatte. Als er nun so dahintorkelte, um alle Kräfte für den Lauf zu sammeln, kaum die Augen offen hielt; in seiner Stumpfheit an eine andere Rettung als durch Laufen gar nicht dachte; und fast schon vergessen hatte, dass ihm die Wände freistanden, die hier allerdings mit sorgfältig geschnitzten Möbeln voll Zacken und Spitzen verstellt waren – da flog knapp neben ihm, leicht geschleudert, irgendetwas nieder und rollte vor ihm her. Es war ein Apfel; gleich flog ihm ein zweiter nach; Gregor blieb vor Schrecken stehen; ein Weiterlaufen war nutzlos, denn der Vater hatte sich entschlossen, ihn zu bombardieren. Aus der Obstschale auf der Kredenz hatte er sich die Taschen gefüllt und warf nun, ohne vorläufig scharf zu zielen, Apfel für Apfel. Diese kleinen roten Äpfel rollten wie elektrisiert auf dem Boden herum und stießen aneinander. Ein schwach geworfener Apfel streifte Gregors Rücken, glitt aber unschädlich ab. Ein ihm sofort nachfliegender drang dagegen förmlich in Gregors Rücken ein; Gregor wollte sich weiterschleppen, als könne der überraschende unglaubliche Schmerz mit dem Ortswechsel vergehen; doch fühlte er sich wie festgenagelt und streckte sich in vollständiger Verwirrung aller Sinne. Nur mit dem letzten Blick sah er noch, wie die Tür seines Zimmers aufgerissen wurde, und vor der schreienden Schwester die Mutter hervoreilte, im Hemd, denn die Schwester hatte sie entkleidet, um ihr in der Ohnmacht Atemfreiheit zu verschaffen, wie dann die

Mutter auf den Vater zulief und ihr auf dem Weg die aufge-
bundenen Röcke einer nach dem anderen zu Boden glitten,
und wie sie stolpernd über die Röcke auf den Vater ein-
drang und ihn umarmend, in gänzlicher Vereinigung mit
ihm – nun versagte aber Gregors Sehkraft schon – die
Hände an des Vaters Hinterkopf um Schonung von Gregors
Leben bat.

III.

Die schwere Verwundung Gregors, an der er über einen
Monat litt – der Apfel blieb, da ihn niemand zu entfernen
wagte, als sichtbares Andenken im Fleische sitzen –, schien
selbst den Vater daran erinnert zu haben, dass Gregor trotz
seiner gegenwärtigen traurigen und ekelhaften Gestalt ein
Familienmitglied war, das man nicht wie einen Feind be-
handeln durfte, sondern dem gegenüber es das Gebot der
Familienpflicht war, den Widerwillen hinunterzuschlucken
und zu dulden, nichts als zu dulden.

Und wenn nun auch Gregor durch seine Wunde an Be-
weglichkeit wahrscheinlich für immer verloren hatte und
vorläufig zur Durchquerung seines Zimmers wie ein alter
Invalide lange, lange Minuten brauchte – an das Kriechen in
der Höhe war nicht zu denken –, so bekam er für diese Ver-
schlimmerung seines Zustandes einen seiner Meinung nach
vollständig genügenden Ersatz dadurch, dass immer gegen
Abend die Wohnzimmertür, die er schon ein bis zwei Stunden vorher scharf zu beobachten pflegte, geöffnet wurde,
sodass er, im Dunkel seines Zimmers liegend, vom Wohnzimmer aus unsichtbar, die ganze Familie beim beleuchteten
Tische sehen und ihre Reden, gewissermaßen mit allgemeiner Erlaubnis, also ganz anders als früher, anhören durfte.

Freilich waren es nicht mehr die lebhaften Unterhaltungen der früheren Zeiten, an die Gregor in den kleinen
Hotelzimmern stets mit einigem Verlangen gedacht hatte,
wenn er sich müde in das feuchte Bettzeug hatte werfen
müssen. Es ging jetzt meist nur sehr still zu. Der Vater

schlief bald nach dem Nachtessen in seinem Sessel ein; die
Mutter und Schwester ermahnten einander zur Stille; die
Mutter nähte, weit unter das Licht vorgebeugt, feine Wäsche für ein Modengeschäft; die Schwester, die eine Stellung
als Verkäuferin angenommen hatte, lernte am Abend Steno-
graphie und Französisch, um vielleicht später einmal einen
besseren Posten zu erreichen. Manchmal wachte der Vater
auf, und als wisse er gar nicht, dass er geschlafen habe, sagte
er zur Mutter: »Wie lange du heute schon wieder nähst!«
und schlief sofort wieder ein, während Mutter und Schwester einander müde zulächelten.

Mit einer Art Eigensinn weigerte sich der Vater, auch zu
Hause seine Dieneruniform abzulegen; und während der
Schlafrock nutzlos am Kleiderhaken hing, schlummerte der
Vater vollständig angezogen auf seinem Platz, als sei er
immer zu seinem Dienste bereit und warte auch hier auf
die Stimme des Vorgesetzten. Infolgedessen verlor die gleich
anfangs nicht neue Uniform trotz aller Sorgfalt von Mutter
und Schwester an Reinlichkeit, und Gregor sah oft ganze
Abende lang auf dieses über und über fleckige, mit seinen
stets geputzten Goldknöpfen leuchtende Kleid, in dem der
alte Mann höchst unbequem und doch ruhig schlief.

Sobald die Uhr zehn schlug, suchte die Mutter durch leise
Zusprache den Vater zu wecken und dann zu überreden, ins
Bett zu gehen, denn hier war es doch kein richtiger Schlaf
und diesen hatte der Vater, der um sechs Uhr seinen Dienst
antreten musste, äußerst nötig. Aber in dem Eigensinn, der
ihn, seitdem er Diener war, ergriffen hatte, bestand er immer darauf, noch länger bei Tisch zu bleiben, trotzdem er
regelmäßig einschlief, und war dann überdies nur mit der
größten Mühe zu bewegen, den Sessel mit dem Bett zu ver-
tauschen. Da mochten Mutter und Schwester mit kleinen
Ermahnungen noch so sehr auf ihn eindringen, viertelstun-
denlang schüttelte er langsam den Kopf, hielt die Augen geschlossen und stand nicht auf. Die Mutter zupfte ihn am
Ärmel, sagte ihm Schmeichelworte ins Ohr, die Schwester
verließ ihre Aufgabe, um der Mutter zu helfen, aber beim

Vater verhing das nicht. Er versank nur noch tiefer in seinen Sessel. Erst bis ihn die Frauen unter den Achseln fassten, schlug er die Augen auf, sah abwechselnd die Mutter und die Schwester an und pflegte zu sagen: »Das ist ein Leben. Das ist die Ruhe meiner alten Tage.« Und auf die beiden Frauen gestützt, erhob er sich, umständlich, als sei er für sich selbst die größte Last, ließ sich von den Frauen bis zur Türe führen, winkte ihnen dort ab und ging nun selbständig weiter, während die Mutter ihr Nähzeug, die Schwester ihre Feder eiligst hinwarfen, um hinter dem Vater zu laufen und ihm weiter behilflich zu sein.

Wer hatte in dieser abgearbeiteten und übermüdeten Familie Zeit, sich um Gregor mehr zu kümmern, als unbedingt nötig war? Der Haushalt wurde immer mehr eingeschränkt; das Dienstmädchen wurde nun doch entlassen; eine riesige knochige Bedienerin mit weißem, den Kopf umflatterndem Haar kam des Morgens und des Abends, um die schwerste Arbeit zu leisten; alles andere besorgte die Mutter neben ihrer vielen Näharbeit. Es geschah sogar, dass verschiedene Familienschmuckstücke, welche früher die Mutter und die Schwester überglücklich bei Unterhaltungen und Feierlichkeiten getragen hatten, verkauft wurden, wie Gregor am Abend aus der allgemeinen Besprechung der erzielten Preise erfuhr. Die größte Klage war aber stets, dass man diese für die gegenwärtigen Verhältnisse allzu große Wohnung nicht verlassen konnte, da es nicht auszudenken war, wie man Gregor übersiedeln sollte. Aber Gregor sah wohl ein, dass es nicht nur die Rücksicht auf ihn war, welche eine Übersiedlung verhinderte, denn ihn hätte man doch in einer passenden Kiste mit ein paar Luftlöchern leicht transportieren können; was die Familie hauptsächlich vom Wohnungswechsel abhielt, war vielmehr die völlige Hoffnungslosigkeit und der Gedanke daran, dass sie mit einem Unglück geschlagen war, wie niemand sonst im ganzen Verwandten- und Bekanntenkreis. Was die Welt von armen Leuten verlangt, erfüllten sie bis zum Äußersten, der Vater holte den kleinen Bankbeamten das Frühstück, die Mutter

46

opferte sich für die Wäsche fremder Leute, die Schwester
lief nach dem Befehl der Kunden hinter dem Pulte hin und
her, aber weiter reichten die Kräfte der Familie schon nicht.
Und die Wunde im Rücken fing Gregor wie neu zu schmerzen an, wenn Mutter und Schwester, nachdem sie den Vater
zu Bett gebracht hatten, nun zurückkehrten, die Arbeit liegen ließen, nahe zusammenrückten, schon Wange an Wange
saßen; wenn jetzt die Mutter, auf Gregors Zimmer zeigend,
sagte: »Mach dort die Tür zu, Grete«, und wenn nun Gregor wieder im Dunkel war, während nebenan die Frauen
ihre Tränen vermischten oder gar tränenlos den Tisch an-
starrten.

Die Nächte und Tage verbrachte Gregor fast ganz ohne
Schlaf. Manchmal dachte er daran, beim nächsten Öffnen
der Tür die Angelegenheiten der Familie ganz so wie früher
wieder in die Hand zu nehmen; in seinen Gedanken erschienen wieder nach langer Zeit der Chef und der Prokurist, die Kommis und die Lehrjungen, der so begriffsstützige
Hausknecht, zwei drei Freunde aus anderen Geschäften, ein
Stubenmädchen aus einem Hotel in der Provinz, eine liebe,
flüchtige Erinnerung, eine Kassiererin aus einem Hutge-
schäft, um die er sich ernsthaft, aber zu langsam beworben
hatte – sie alle erschienen untermischt mit Fremden oder
schon Vergessenen, aber statt ihm und seiner Familie zu
helfen, waren sie sämtlich unzugänglich, und er war froh,
wenn sie verschwanden. Dann aber war er wieder gar nicht
in der Laune, sich um seine Familie zu sorgen, bloß Wut
über die schlechte Wartung erfüllte ihn, und trotzdem er
sich nichts vorstellen konnte, worauf er Appetit gehabt
hätte, machte er doch Pläne, wie er in die Speisekammer ge-
langen könnte, um dort zu nehmen, was ihm, auch wenn er
keinen Hunger hatte, immerhin gebührte. Ohne jetzt mehr
nachzudenken, womit man Gregor einen besonderen Gefallen machen könnte, schob die Schwester eiligst, ehe sie
morgens und mittags ins Geschäft lief, mit dem Fuß irgendeine beliebige Speise in Gregors Zimmer hinein, um sie am
Abend, gleichgültig dagegen, ob die Speise vielleicht nur

verkostet oder – der häufigste Fall – gänzlich unberührt war, mit einem Schwenken des Besens hinauszukehren. Das Aufräumen des Zimmers, das sie nun immer abends besorgte, konnte gar nicht mehr schneller getan sein. Schmutzstreifen zogen sich die Wände entlang, hie und da lagen Knäuel von Staub und Unrat. In der ersten Zeit stellte sich Gregor bei der Ankunft der Schwester in derartige besonders bezeichnende Winkel, um ihr durch diese Stellung gewissermaßen einen Vorwurf zu machen. Aber er hätte wohl wochenlang dort bleiben können, ohne dass sich die Schwester gebessert hätte; sie sah ja den Schmutz genau so wie er, aber sie hatte sich eben entschlossen, ihn zu lassen. Dabei wachte sie mit einer an ihr ganz neuen Empfindlichkeit, die überhaupt die ganze Familie ergriffen hatte, darüber, dass das Aufräumen von Gregors Zimmer ihr vorbehalten blieb. Einmal hatte die Mutter Gregors Zimmer einer großen Reinigung unterzogen, die ihr nur nach Verbrauch einiger Kübel Wasser gelungen war – die viele Feuchtigkeit kränkte allerdings Gregor auch und er lag breit, verbittert und unbeweglich auf dem Kanapee –, aber die Strafe blieb für die Mutter nicht aus. Denn kaum hatte am Abend die Schwester die Veränderung in Gregors Zimmer bemerkt, als sie, aufs Höchste beleidigt, ins Wohnzimmer lief und, trotz der beschwörend erhobenen Hände der Mutter, in einen Weinkrampf ausbrach, dem die Eltern – der Vater war natürlich aus seinem Sessel aufgeschreckt worden – zuerst erstaunt und hilflos zusahen; bis auch sie sich zu rühren anfingen; der Vater rechts der Mutter Vorwürfe machte, dass sie Gregors Zimmer nicht der Schwester zur Reinigung überließ; links dagegen die Schwester anschrie, sie werde niemals mehr Gregors Zimmer reinigen dürfen; während die Mutter den Vater, der sich vor Erregung nicht mehr kannte, ins Schlafzimmer zu schleppen suchte; die Schwester, von Schluchzen geschüttelt, mit ihren kleinen Fäusten den Tisch bearbeitete; und Gregor laut vor Wut darüber zischte, dass es keinem einfiel, die Tür zu schließen und ihm diesen Anblick und Lärm zu ersparen.

Aber selbst wenn die Schwester, erschöpft von ihrer Berufsarbeit, dessen überdrüssig geworden war, für Gregor, wie früher, zu sorgen, so hätte noch keineswegs die Mutter für sie eintreten müssen und Gregor hätte doch nicht vernachlässigt werden brauchen. Denn nun war die Bedienerin da. Diese alte Witwe, die in ihrem langen Leben mit Hilfe ihres starken Knochenbaues das Ärgste überstanden haben mochte, hatte keinen eigentlichen Abscheu vor Gregor. Ohne irgendwie neugierig zu sein, hatte sie zufällig einmal die Tür von Gregors Zimmer aufgemacht und war im Anblick Gregors, der, gänzlich überrascht, trotzdem ihn niemand jagte, hin und herzulaufen begann, die Hände im Schoß gefaltet staunend stehen geblieben. Seitdem versäumte sie nicht, stets flüchtig morgens und abends die Tür ein wenig zu öffnen und zu Gregor hineinzuschauen. Anfangs rief sie ihn auch zu sich herbei, mit Worten, die sie wahrscheinlich für freundlich hielt, wie »Komm mal herüber, alter Mistkäfer!« oder »Seht mal den alten Mistkäfer!« Auf solche Ansprachen antwortete Gregor mit nichts, sondern blieb unbeweglich auf seinem Platz, als sei die Tür gar nicht geöffnet worden. Hätte man doch dieser Bedienerin, statt sie nach ihrer Laune ihn nutzlos stören zu lassen, lieber den Befehl gegeben, sein Zimmer täglich zu reinigen! Einmal am frühen Morgen – ein heftiger Regen, vielleicht schon ein Zeichen des kommenden Frühjahrs, schlug an die Scheiben – war Gregor, als die Bedienerin mit ihren Redensarten wieder begann, derartig erbittert, dass er, wie zum Angriff, allerdings langsam und hinfällig, sich gegen sie wendete. Die Bedienerin aber, statt sich zu fürchten, hob bloß einen in der Nähe der Tür befindlichen Stuhl hoch empor, und wie sie mit groß geöffnetem Munde dastand, war ihre Absicht klar, den Mund erst zu schließen, wenn der Sessel in ihrer Hand auf Gregors Rücken niederschlagen würde. »Also weiter geht es nicht?«, fragte sie, als Gregor sich wieder umdrehte, und stellte den Sessel ruhig in die Ecke zurück.

Gregor aß nun fast gar nichts mehr. Nur wenn er zufällig

an der vorbereiteten Speise vorüberkam, nahm er zum
Spiel einen Bissen in den Mund, hielt ihn dort stundenlang
und spie ihn dann meist wieder aus. Zuerst dachte er, es
sei die Trauer über den Zustand seines Zimmers, die ihn
vom Essen abhalte, aber gerade mit den Veränderungen
des Zimmers söhnte er sich sehr bald aus. Man hatte sich
angewöhnt, Dinge, die man anderswo nicht unterbringen
konnte, in dieses Zimmer hineinzustellen, und solcher
Dinge gab es nun viele, da man ein Zimmer der Wohnung
an drei Zimmerherren vermietet hatte. Diese ernsten Herren – alle drei hatten Vollbärte, wie Gregor einmal durch
eine Türspalte feststellte – waren peinlich auf Ordnung,
nicht nur in ihrem Zimmer, sondern, da sie sich nun einmal hier eingemietet hatten, in der ganzen Wirtschaft, also
insbesondere in der Küche, bedacht. Unnützen oder gar
schmutzigen Kram ertrugen sie nicht. Überdies hatten sie
zum größten Teil ihre eigenen Einrichtungsstücke mitge-
bracht. Aus diesem Grunde waren viele Dinge überflüssig
geworden, die zwar nicht verkäuflich waren, die man aber
auch nicht wegwerfen wollte. Alle diese wanderten in Gregors Zimmer. Ebenso auch die Aschenkiste und die Abfall-
kiste aus der Küche. Was nur im Augenblick unbrauchbar
war, schleuderte die Bedienerin, die es immer sehr eilig
hatte, einfach in Gregors Zimmer; Gregor sah glücklicherweise meist nur den betreffenden Gegenstand und die
Hand, die ihn hielt. Die Bedienerin hatte vielleicht die Absicht, bei Zeit und Gelegenheit die Dinge wieder zu holen
oder alle insgesamt mit einem Mal hinauszuwerfen, tatsächlich aber blieben sie dort liegen, wohin sie durch den ersten
Wurf gekommen waren, wenn nicht Gregor sich durch das
Rumpelzeug wand und es in Bewegung brachte, zuerst gezwungen, weil kein sonstiger Platz zum Kriechen frei war,
später aber mit wachsendem Vergnügen, obwohl er nach
solchen Wanderungen, zum Sterben müde und traurig, wieder stundenlang sich nicht rührte.

Da die Zimmerherren manchmal auch ihr Abendessen zu
Hause im gemeinsamen Wohnzimmer einnahmen, blieb die

Wohnzimmertür an manchen Abenden geschlossen, aber Gregor verzichtete ganz leicht auf das Öffnen der Tür, hatte er doch schon manche Abende, an denen sie geöffnet war, nicht ausgenützt, sondern war, ohne dass es die Familie merkte, im dunkelsten Winkel seines Zimmers gelegen. Einmal aber hatte die Bedienerin die Tür zum Wohnzimmer ein wenig offen gelassen, und sie blieb so offen, auch als die Zimmerherren am Abend eintraten und Licht gemacht wurde. Sie setzten sich oben an den Tisch, wo in früheren Zeiten der Vater, die Mutter und Gregor gegessen hatten, entfalteten die Servietten und nahmen Messer und Gabel in die Hand. Sofort erschien in der Tür die Mutter mit einer Schüssel Fleisch und knapp hinter ihr die Schwester mit einer Schüssel hochgeschichteter Kartoffeln. Das Essen dampfte mit starkem Rauch. Die Zimmerherren beugten sich über die vor sie hingestellten Schüsseln, als wollten sie sie vor dem Essen prüfen, und tatsächlich zerschnitt der, welcher in der Mitte saß und den anderen zwei als Autorität zu gelten schien, ein Stück Fleisch noch auf der Schüssel, offenbar um festzustellen, ob es mürbe genug sei und ob es nicht etwa in die Küche zurückgeschickt werden solle. Er war befriedigt, und Mutter und Schwester, die gespannt zugesehen hatten, begannen aufatmend zu lächeln.

Die Familie selbst aß in der Küche. Trotzdem kam der Vater, ehe er in die Küche ging, in dieses Zimmer herein und machte mit einer einzigen Verbeugung, die Kappe in der Hand, einen Rundgang um den Tisch. Die Zimmerherren erhoben sich sämtlich und murmelten etwas in ihre Bärte. Als sie dann allein waren, aßen sie fast unter vollkommenem Stillschweigen. Sonderbar schien es Gregor, dass man aus allen mannigfachen Geräuschen des Essens immer wieder ihre kauenden Zähne heraushörte, als ob damit Gregor gezeigt werden sollte, dass man Zähne brauche, um zu essen, und dass man auch mit den schönsten zahnlosen Kiefern nichts ausrichten könne. »Ich habe ja Appetit«, sagte sich Gregor sorgenvoll, »aber nicht auf diese Dinge. Wie sich diese Zimmerherren nähren, und ich komme um!«

Gerade an diesem Abend – Gregor erinnerte sich nicht, während der ganzen Zeit die Violine gehört zu haben – ertönte sie von der Küche her. Die Zimmerherren hatten schon ihr Nachtmahl beendet, der mittlere hatte eine Zeitung hervorgezogen, den zwei anderen je ein Blatt gegeben, und nun lasen sie zurückgelehnt und rauchten. Als die Violine zu spielen begann, wurden sie aufmerksam, erhoben sich und gingen auf den Fußspitzen zur Vorzimmertür, in der sie aneinander gedrängt stehen blieben. Man musste sie von der Küche aus gehört haben, denn der Vater rief: »Ist den Herren das Spiel vielleicht unangenehm? Es kann sofort eingestellt werden.« »Im Gegenteil«, sagte der mittlere der Herren, »möchte das Fräulein nicht zu uns hereinkommen und hier im Zimmer spielen, wo es doch viel bequemer und gemütlicher ist?« »O bitte«, rief der Vater, als sei er der Violinspieler. Die Herren traten ins Zimmer zurück und warteten. Bald kam der Vater mit dem Notenpult, die Mutter mit den Noten und die Schwester mit der Violine. Die Schwester bereitete alles ruhig zum Spiele vor; die Eltern, die niemals früher Zimmer vermietet hatten und deshalb die Höflichkeit gegen die Zimmerherren übertrieben, wagten gar nicht, sich auf ihre eigenen Sessel zu setzen; der Vater lehnte an der Tür, die rechte Hand zwischen zwei Knöpfe des geschlossenen Livreerockes gesteckt; die Mutter aber erhielt von einem Herrn einen Sessel angeboten und saß, da sie den Sessel dort ließ, wohin ihn der Herr zufällig gestellt hatte, abseits in einem Winkel.

Die Schwester begann zu spielen; Vater und Mutter verfolgten, jeder von seiner Seite, aufmerksam die Bewegungen ihrer Hände. Gregor hatte, von dem Spiele angezogen, sich ein wenig weiter vorgewagt und war schon mit dem Kopf im Wohnzimmer. Er wunderte sich kaum darüber, dass er in letzter Zeit so wenig Rücksicht auf die andern nahm; früher war diese Rücksichtnahme sein Stolz gewesen. Und dabei hätte er gerade jetzt mehr Grund gehabt, sich zu verstecken, denn infolge des Staubes, der in seinem Zimmer überall lag und bei der kleinsten Bewegung umherflog, war auch er

ganz staubbedeckt; Fäden, Haare, Speiseüberreste schleppte
er auf seinem Rücken und an den Seiten mit sich herum;
seine Gleichgültigkeit gegen alles war viel zu groß, als dass
er sich, wie früher mehrmals während des Tages, auf den
Rücken gelegt und am Teppich gescheuert hätte. Und trotz
dieses Zustandes hatte er keine Scheu, ein Stück auf dem
makellosen Fußboden des Wohnzimmers vorzurücken.

Allerdings achtete auch niemand auf ihn. Die Familie war
gänzlich vom Violinspiel in Anspruch genommen; die Zimmerherren dagegen, die zunächst, die Hände in den Hosentaschen, viel zu nahe hinter dem Notenpult der Schwester
sich aufgestellt hatten, sodass sie alle in die Noten hätten sehen können, was sicher die Schwester stören musste, zogen
sich bald unter halblauten Gesprächen mit gesenkten Köp-
fen zum Fenster zurück, wo sie, vom Vater besorgt beobachtet, auch blieben. Es hatte nun wirklich den überdeut-
lichen Anschein, als wären sie in ihrer Annahme, ein schönes
oder unterhaltendes Violinspiel zu hören, enttäuscht, hätten
die ganze Vorführung satt und ließen sich nur aus Höflichkeit noch in ihrer Ruhe stören. Besonders die Art, wie sie
alle aus Nase und Mund den Rauch ihrer Zigarren in die
Höhe bliesen, ließ auf große Nervosität schließen. Und
doch spielte die Schwester so schön. Ihr Gesicht war zur
Seite geneigt, prüfend und traurig folgten ihre Blicke den
Notenzeilen. Gregor kroch noch ein Stück vorwärts und
hielt den Kopf eng an den Boden, um möglicherweise ihren
Blicken begegnen zu können. War er ein Tier, da ihn Musik
so ergriff? Ihm war, als zeige sich ihm der Weg zu der ersehnten unbekannten Nahrung. Er war entschlossen, bis
zur Schwester vorzudringen, sie am Rock zu zupfen und ihr
dadurch anzudeuten, sie möge doch mit ihrer Violine in sein
Zimmer kommen, denn niemand lohnte hier das Spiel so,
wie er es lohnen wollte. Er wollte sie nicht mehr aus seinem
Zimmer lassen, wenigstens nicht, solange er lebte; seine
Schreckgestalt sollte ihm zum ersten Mal nützlich werden;
an allen Türen seines Zimmers wollte er gleichzeitig sein
und den Angreifern entgegenfauchen; die Schwester aber

sollte nicht gezwungen, sondern freiwillig bei ihm bleiben;
sie sollte neben ihm auf dem Kanapee sitzen, das Ohr zu
ihm herunterneigen, und er wollte ihr dann anvertrauen,
dass er die feste Absicht gehabt habe, sie auf das Konservatorium zu schicken, und dass er dies, wenn nicht das Unglück dazwischen gekommen wäre, vergangene Weihnachten – Weihnachten war doch wohl schon vorüber? – allen
gesagt hätte, ohne sich um irgendwelche Widerreden zu
kümmern. Nach dieser Erklärung würde die Schwester in
Tränen der Rührung ausbrechen, und Gregor würde sich bis
zu ihrer Achsel erheben und ihren Hals küssen, den sie,
seitdem sie ins Geschäft ging, frei ohne Band oder Kragen
trug.

»Herr Samsa!«, rief der mittlere Herr dem Vater zu und
zeigte, ohne ein weiteres Wort zu verlieren, mit dem Zeige-
finger auf den langsam sich vorwärtsbewegenden Gregor.
Die Violine verstummte, der mittlere Zimmerherr lächelte
erst einmal kopfschüttelnd seinen Freunden zu und sah
dann wieder auf Gregor hin. Der Vater schien es für nötiger
zu halten, statt Gregor zu vertreiben, vorerst die Zimmerherren zu beruhigen, trotzdem diese gar nicht aufgeregt waren und Gregor sie mehr als das Violinspiel zu unterhalten
schien. Er eilte zu ihnen und suchte sie mit ausgebreiteten
Armen in ihr Zimmer zu drängen und gleichzeitig mit seinem Körper ihnen den Ausblick auf Gregor zu nehmen. Sie
wurden nun tatsächlich ein wenig böse, man wusste nicht
mehr, ob über das Benehmen des Vaters oder über die ihnen
jetzt aufgehende Erkenntnis, ohne es zu wissen, einen
solchen Zimmernachbar wie Gregor besessen zu haben.
Sie verlangten vom Vater Erklärungen, hoben ihrerseits
die Arme, zupften unruhig an ihren Bärten und wichen nur
langsam gegen ihr Zimmer zurück. Inzwischen hatte die
Schwester die Verlorenheit, in die sie nach dem plötzlich ab-
gebrochenen Spiel verfallen war, überwunden, hatte sich,
nachdem sie eine Zeitlang in den lässig hängenden Händen
Violine und Bogen gehalten und weiter, als spiele sie noch,
in die Noten gesehen hatte, mit einem Male aufgerafft, hatte

das Instrument auf den Schoß der Mutter gelegt, die in Atembeschwerden mit heftig arbeitenden Lungen noch auf ihrem Sessel saß, und war in das Nebenzimmer gelaufen, dem sich die Zimmerherren unter dem Drängen des Vaters schon schneller näherten. Man sah, wie unter den geübten Händen der Schwester die Decken und Polster in den Betten in die Höhe flogen und sich ordneten. Noch ehe die Herren das Zimmer erreicht hatten, war sie mit dem Aufbetten fertig und schlüpfte heraus. Der Vater schien wieder von seinem Eigensinn derartig ergriffen, dass er jeden Respekt vergaß, den er seinen Mietern immerhin schuldete. Er drängte nur und drängte, bis schon in der Tür des Zimmers der mittlere der Herren donnernd mit dem Fuß aufstampfte und dadurch den Vater zum Stehen brachte. »Ich erkläre hiermit«, sagte er, hob die Hand und suchte mit den Blicken auch die Mutter und die Schwester, »dass ich mit Rücksicht auf die in dieser Wohnung und Familie herrschenden widerlichen Verhältnisse« – hiebei spie er kurz entschlossen auf den Boden – »mein Zimmer augenblicklich kündige. Ich werde natürlich auch für die Tage, die ich hier gewohnt habe, nicht das Geringste bezahlen, dagegen werde ich es mir noch überlegen, ob ich nicht mit irgendwelchen – glauben Sie mir – sehr leicht zu begründenden Forderungen gegen Sie auftreten werde.« Er schwieg und sah gerade vor sich hin, als erwarte er etwas. Tatsächlich fielen sofort seine zwei Freunde mit den Worten ein: »Auch wir kündigen augenblicklich.« Darauf fasste er die Türklinke und schloss mit einem Krach die Tür.

Der Vater wankte mit tastenden Händen zu seinem Sessel und ließ sich in ihn fallen; es sah aus, als strecke er sich zu Seinem gewöhnlichen Abendschläfchen, aber das starke Nicken seines wie haltlosen Kopfes zeigte, dass er ganz und gar nicht schlief. Gregor war die ganze Zeit still auf dem Platz gelegen, auf dem ihn die Zimmerherren ertappt hatten. Die Enttäuschung über das Misslingen seines Planes, vielleicht aber auch die durch das viele Hungern verursachte Schwäche machten es ihm unmöglich, sich zu bewegen. Er fürchtete mit einer gewissen Bestimmtheit schon für den nächsten Augenblick einen allgemeinen über ihn sich entladenden Zusammensturz und wartete. Nicht einmal die Violine schreckte ihn auf, die, unter den zitternden Fingern der Mutter hervor, ihr vom Schoße fiel und einen hallenden Ton von sich gab.

»Liebe Eltern«, sagte die Schwester und schlug zur Einleitung mit der Hand auf den Tisch, »so geht es nicht weiter. Wenn ihr das vielleicht nicht einsehet, ich sehe es ein. Ich will vor diesem Untier nicht den Namen meines Bruders aussprechen, und sage daher bloß: wir müssen versuchen, es loszuwerden. Wir haben das Menschenmögliche versucht, es zu pflegen und zu dulden, ich glaube, es kann uns niemand den geringsten Vorwurf machen.«

»Sie hat tausendmal Recht«, sagte der Vater für sich. Die Mutter, die noch immer nicht genug Atem finden konnte, fing in die vorgehaltene Hand mit einem irrsinnigen Ausdruck der Augen dumpf zu husten an.

Die Schwester eilte zur Mutter und hielt ihr die Stirn. Der Vater schien durch die Worte der Schwester auf bestimmtere Gedanken gebracht zu sein, hatte sich aufrecht gesetzt, spielte mit seiner Dienermütze zwischen den Tellern, die noch vom Nachtmahl der Zimmerherren her auf dem Tische lagen, und sah bisweilen auf den stillen Gregor hin.

»Wir müssen es loszuwerden suchen«, sagte die Schwester nun ausschließlich zum Vater, denn die Mutter hörte in ihrem Husten nichts, »es bringt euch noch beide um, ich sehe es kommen. Wenn man schon so schwer arbeiten muss, wie wir alle, kann man nicht noch zu Hause diese ewige Quälerei ertragen. Ich kann es auch nicht mehr.« Und sie brach so heftig in Weinen aus, dass ihre Tränen auf das Gesicht der Mutter niederflossen, von dem sie sie mit mechanischen Handbewegungen wischte.

»Kind«, sagte der Vater mitleidig und mit auffallendem Verständnis, »was sollen wir aber tun?«

Die Schwester zuckte nur die Achseln zum Zeichen der

Ratlosigkeit, die sie nun während des Weinens im Gegensatz zu ihrer früheren Sicherheit ergriffen hatte.

»Wenn er uns verstünde«, sagte der Vater halb fragend; die Schwester schüttelte aus dem Weinen heraus heftig die Hand zum Zeichen, dass daran nicht zu denken sei.

»Wenn er uns verstünde«, wiederholte der Vater und nahm durch Schließen der Augen die Überzeugung der Schwester von der Unmöglichkeit dessen in sich auf, »dann wäre vielleicht ein Übereinkommen mit ihm möglich. Aber so —«

»Weg muss es«, rief die Schwester, »das ist das einzige Mittel, Vater. Du musst bloß den Gedanken loszuwerden suchen, dass es Gregor ist. Dass wir es so lange geglaubt haben, das ist ja unser eigentliches Unglück. Aber wie kann es denn Gregor sein? Wenn es Gregor wäre, er hätte längst eingesehen, dass ein Zusammenleben von Menschen mit einem solchen Tier nicht möglich ist, und wäre freiwillig fortgegangen. Wir hätten dann keinen Bruder, aber könnten weiter leben und sein Andenken in Ehren halten. So aber verfolgt uns dieses Tier, vertreibt die Zimmerherren, will offenbar die ganze Wohnung einnehmen und uns auf der Gasse übernachten lassen. Sieh nur, Vater«, schrie sie plötzlich auf, »er fängt schon wieder an!« Und in einem für Gregor gänzlich unverständlichen Schrecken verließ die Schwester sogar die Mutter, stieß sich förmlich von ihrem Sessel ab, als wollte sie lieber die Mutter opfern, als in Gregors Nähe bleiben, und eilte hinter den Vater, der, lediglich durch ihr Benehmen erregt, auch aufstand und die Arme wie zum Schutze der Schwester vor ihr halb erhob.

Aber Gregor fiel es doch gar nicht ein, irgendjemandem und gar seiner Schwester Angst machen zu wollen. Er hatte bloß angefangen sich umzudrehen, um in sein Zimmer zurückzuwandern, und das nahm sich allerdings auffallend aus, da er infolge seines leidenden Zustandes bei den schwierigen Umdrehungen mit seinem Kopfe nachhelfen musste, den er hierbei viele Male hob und gegen den Boden schlug. Er hielt inne und sah sich um. Seine gute Absicht schien erkannt worden zu sein; es war nur ein augenblicklicher Schrecken gewesen. Nun sahen ihn alle schweigend und traurig an. Die Mutter lag, die Beine ausgestreckt und aneinander gedrückt, in ihrem Sessel, die Augen fielen ihr vor Ermattung fast zu; der Vater und die Schwester saßen nebeneinander, die Schwester hatte ihre Hand um des Vaters Hals gelegt.

»Nun darf ich mich schon vielleicht umdrehen«, dachte Gregor und begann seine Arbeit wieder. Er konnte das Schnaufen der Anstrengung nicht unterdrücken und musste auch hie und da ausruhen. Im Übrigen drängte ihn auch niemand, es war alles ihm selbst überlassen. Als er die Umdrehung vollendet hatte, fing er sofort an, geradeaus zurückzuwandern. Er staunte über die große Entfernung, die ihn von seinem Zimmer trennte, und begriff gar nicht, wie er bei seiner Schwäche vor kurzer Zeit den gleichen Weg, fast ohne es zu merken, zurückgelegt hatte. Immerfort nur auf rasches Kriechen bedacht, achtete er kaum darauf, dass kein Wort, kein Ausruf seiner Familie ihn störte. Erst als er schon in der Tür war, wendete er den Kopf, nicht vollständig, denn er fühlte den Hals steif werden, immerhin sah er noch, dass sich hinter ihm nichts verändert hatte, nur die Schwester war aufgestanden. Sein letzter Blick streifte die Mutter, die nun völlig eingeschlafen war.

Kaum war er innerhalb seines Zimmers, wurde die Tür eiligst zugedrückt, festgeriegelt und versperrt. Über den plötzlichen Lärm hinter sich erschrak Gregor so, dass ihm die Beinchen einknickten. Es war die Schwester, die sich so beeilt hatte. Aufrecht war sie schon da gestanden und hatte gewartet, leichtfüßig war sie dann vorwärtsgesprungen, Gregor hatte sie gar nicht kommen hören, und ein »Endlich!« rief sie den Eltern zu, während sie den Schlüssel im Schloss umdrehte.

»Und jetzt?«, fragte sich Gregor und sah sich im Dunkeln um. Er machte bald die Entdeckung, dass er sich nun überhaupt nicht mehr rühren konnte. Er wunderte sich darüber nicht, eher kam es ihm unnatürlich vor, dass er sich bis jetzt

tatsächlich mit diesen dünnen Beinchen hatte fortbewegen
können. Im Übrigen fühlte er sich verhältnismäßig behaglich. Er hatte zwar Schmerzen im ganzen Leib, aber ihm
war, als würden sie allmählich schwächer und schwächer
und würden schließlich ganz vergehen. Den verfaulten
Apfel in seinem Rücken und die entzündete Umgebung,
die ganz von weichem Staub bedeckt waren, spürte er schon
kaum. An seine Familie dachte er mit Rührung und Liebe zurück. Seine Meinung darüber, dass er verschwinden
müsse, war womöglich noch entschiedener, als die seiner
Schwester. In diesem Zustand leeren und friedlichen Nach-
denkens blieb er, bis die Turmuhr die dritte Morgenstunde
schlug. Den Anfang des allgemeinen Hellerwerdens draußen vor dem Fenster erlebte er noch. Dann sank sein Kopf
ohne seinen Willen gänzlich nieder, und aus seinen Nüstern
strömte sein letzter Atem schwach hervor.

Als am frühen Morgen die Bedienerin kam – vor lauter
Kraft und Eile schlug sie, wie oft man sie auch schon gebeten
hatte, das zu vermeiden, alle Türen derartig zu, dass in der
ganzen Wohnung von ihrem Kommen an kein ruhiger Schlaf
mehr möglich war –, fand sie bei ihrem gewöhnlichen kurzen Besuch an Gregor zuerst nichts Besonderes. Sie dachte,
er liege absichtlich so unbeweglich da und spiele den Belei-
digten; sie traute ihm allen möglichen Verstand zu. Weil sie
zufällig den langen Besen in der Hand hielt, suchte sie mit
ihm Gregor von der Tür aus zu kitzeln. Als sich auch da
kein Erfolg zeigte, wurde sie ärgerlich und stieß ein wenig
in Gregor hinein, und erst als sie ihn ohne jeden Widerstand
von seinem Platze geschoben hatte, wurde sie aufmerksam.
Als sie bald den wahren Sachverhalt erkannte, machte sie
große Augen, pfiff vor sich hin, hielt sich aber nicht lange
auf, sondern riss die Tür des Schlafzimmers auf und rief mit
lauter Stimme in das Dunkel hinein: »Sehen Sie nur mal an,
es ist krepiert; da liegt es, ganz und gar krepiert!«

Das Ehepaar Samsa saß im Ehebett aufrecht da und hatte
zu tun, den Schrecken über die Bedienerin zu verwinden,
ehe es dazu kam, ihre Meldung aufzufassen. Dann aber stie-

gen Herr und Frau Samsa, jeder auf seiner Seite, eiligst aus dem Bett, Herr Samsa warf die Decke über seine Schultern, Frau Samsa kam nur im Nachthemd hervor; so traten sie in Gregors Zimmer. Inzwischen hatte sich auch die Tür des Wohnzimmers geöffnet, in dem Grete seit dem Einzug der Zimmerherren schlief; sie war völlig angezogen, als hätte sie gar nicht geschlafen, auch ihr bleiches Gesicht schien das zu beweisen. »Tot?«, sagte Frau Samsa und sah fragend zur Bedienerin auf, trotzdem sie doch alles selbst prüfen und sogar ohne Prüfung erkennen konnte. »Das will ich meinen«, sagte die Bedienerin und stieß zum Beweis Gregors Leiche mit dem Besen noch ein großes Stück seitwärts. Frau Samsa machte eine Bewegung, als wolle sie den Besen zurückhalten, tat es aber nicht. »Nun«, sagte Herr Samsa, »jetzt können wir Gott danken.« Er bekreuzte sich, und die drei Frauen folgten seinem Beispiel. Grete, die kein Auge von der Leiche wendete, sagte: »Seht nur, wie mager er war. Er hat ja auch schon so lange Zeit nichts gegessen. So wie die Speisen hereinkamen, sind sie wieder hinausgekommen.« Tatsächlich war Gregors Körper vollständig flach und trocken, man erkannte das eigentlich erst jetzt, da er nicht mehr von den Beinchen gehoben war und auch sonst nichts den Blick ablenkte.

»Komm, Grete, auf ein Weilchen zu uns herein«, sagte Frau Samsa mit einem wehmütigen Lächeln, und Grete ging, nicht ohne nach der Leiche zurückzusehen, hinter den Eltern in das Schlafzimmer. Die Bedienerin schloss die Tür und öffnete gänzlich das Fenster. Trotz des frühen Morgens war der frischen Luft schon etwas Lauigkeit beigemischt. Es war eben schon Ende März.

Aus ihrem Zimmer traten die drei Zimmerherren und sahen sich erstaunt nach ihrem Frühstück um; man hatte sie vergessen. »Wo ist das Frühstück?«, fragte der mittlere der Herren mürrisch die Bedienerin. Diese aber legte den Finger an den Mund und winkte dann hastig und schweigend den Herren zu, sie möchten in Gregors Zimmer kommen. Sie kamen auch und standen dann, die Hände in den Taschen ihrer etwas abgenützten Röckchen, in dem nun schon ganz hellen Zimmer um Gregors Leiche herum.

Da öffnete sich die Tür des Schlafzimmers, und Herr Samsa erschien in seiner Livree an einem Arm seine Frau, am anderen seine Tochter. Alle waren ein wenig verweint; Grete drückte bisweilen ihr Gesicht an den Arm des Vaters.

»Verlassen Sie sofort meine Wohnung!«, sagte Herr Samsa und zeigte auf die Tür, ohne die Frauen von sich zu lassen. »Wie meinen Sie das?«, sagte der mittlere der Herren etwas bestürzt und lächelte süßlich. Die zwei anderen hielten die Hände auf dem Rücken und rieben sie ununterbrochen aneinander, wie in freudiger Erwartung eines großen Streites, der aber für sie günstig ausfallen musste. »Ich meine es genau so, wie ich es sage«, antwortete Herr Samsa und ging in einer Linie mit seinen zwei Begleiterinnen auf den Zimmerherrn zu. Dieser stand zuerst still da und sah zu Boden, als ob sich die Dinge in seinem Kopf zu einer neuen Ordnung zusammenstellten. »Dann gehen wir also«, sagte er dann und sah zu Herrn Samsa auf, als verlange er in einer plötzlich ihn überkommenden Demut sogar für diesen Entschluss eine neue Genehmigung. Herr Samsa nickte ihm bloß mehrmals kurz mit großen Augen zu. Daraufhin ging der Herr tatsächlich sofort mit langen Schritten ins Vorzimmer; seine beiden Freunde hatten schon ein Weilchen lang mit ganz ruhigen Händen aufgehorcht und hüpften ihm jetzt geradezu nach, wie in Angst, Herr Samsa könnte vor ihnen ins Vorzimmer eintreten und die Verbindung mit ihrem Führer stören. Im Vorzimmer nahmen alle drei die Hüte vom Kleiderrechen, zogen ihre Stöcke aus dem Stockbehälter, verbeugten sich stumm und verließen die Wohnung. In einem, wie sich zeigte, gänzlich unbegründeten Misstrauen trat Herr Samsa mit den zwei Frauen auf den Vorplatz hinaus; an das Geländer gelehnt, sahen sie zu, wie die drei Herren zwar langsam, aber ständig die lange Treppe hinunterstiegen, in jedem Stockwerk in einer bestimmten Biegung des Treppenhauses verschwanden und nach ein paar Augenblicken wieder hervorkamen; je tiefer sie gelangten, desto mehr verlor sich das Interesse der Familie Samsa für sie, und als ihnen entgegen und dann hoch über sie hinweg ein Fleischergeselle mit der Trage auf dem Kopf in stolzer Haltung heraufstieg, verließ bald Herr Samsa mit den Frauen das Geländer, und alle kehrten, wie erleichtert, in ihre Wohnung zurück.

Sie beschlossen, den heutigen Tag zum Ausruhen und Spazierengehen zu verwenden; sie hatten diese Arbeitsunterbrechung nicht nur verdient, sie brauchten sie sogar unbedingt. Und so setzten sie sich zum Tisch und schrieben drei Entschuldigungsbriefe, Herr Samsa an seine Direktion, Frau Samsa an ihren Auftraggeber, und Grete an ihren Prinzipal. Während des Schreibens kam die Bedienerin herein, um zu sagen, dass sie fortgehe, denn ihre Morgenarbeit war beendet. Die drei Schreibenden nickten zuerst bloß, ohne aufzuschauen, erst als die Bedienerin sich immer noch nicht entfernen wollte, sah man ärgerlich auf. »Nun?«, fragte Herr Samsa. Die Bedienerin stand lächelnd in der Tür, als habe sie der Familie ein großes Glück zu melden, werde es aber nur dann tun, wenn sie gründlich ausgefragt werde. Die fast aufrechte kleine Straußfeder auf ihrem Hut, über die sich Herr Samsa schon während ihrer ganzen Dienstzeit ärgerte, schwankte leicht nach allen Richtungen. »Also was wollen Sie eigentlich?«, fragte Frau Samsa, vor welcher die Bedienerin noch am meisten Respekt hatte. »Ja«, antwortete die Bedienerin und konnte vor freundlichem Lachen nicht gleich weiter reden, »also darüber, wie das Zeug von nebenan weggeschafft werden soll, müssen Sie sich keine Sorge machen. Es ist schon in Ordnung.« Frau Samsa und Grete beugten sich zu ihren Briefen nieder, als wollten sie weiterschreiben; Herr Samsa, welcher merkte, dass die Bedienerin nun alles ausführlich zu beschreiben anfangen wollte, wehrte dies mit ausgestreckter Hand entschieden ab. Da sie aber nicht erzählen durfte, erinnerte sie sich an die große Eile, die sie hatte, rief offenbar beleidigt: »Adjes allseits«, drehte sich wild um und verließ unter fürchterlichem Türezuschlagen die Wohnung.

»Abends wird sie entlassen«, sagte Herr Samsa, bekam aber weder von seiner Frau, noch von seiner Tochter eine Antwort, denn die Bedienerin schien ihre kaum gewonnene Ruhe wieder gestört zu haben. Sie erhoben sich, gingen zum Fenster und blieben dort, sich umschlungen haltend. Herr Samsa drehte sich in seinem Sessel nach ihnen um und beobachtete sie still ein Weilchen. Dann rief er: »Also kommt doch her. Lasst schon endlich die alten Sachen. Und nehmt auch ein wenig Rücksicht auf mich.« Gleich folgten ihm die Frauen, eilten zu ihm, liebkosten ihn und beendeten rasch ihre Briefe.

Dann verließen alle drei gemeinschaftlich die Wohnung, was sie schon seit Monaten nicht getan hatten, und fuhren mit der Elektrischen ins Freie vor die Stadt. Der Wagen, in dem sie allein saßen, war ganz von warmer Sonne durchschienen. Sie besprachen, bequem auf ihren Sitzen zurückgelehnt, die Aussichten für die Zukunft, und es fand sich, dass diese bei näherer Betrachtung durchaus nicht schlecht waren, denn aller drei Anstellungen waren, worüber sie einander eigentlich noch gar nicht ausgefragt hatten, überaus günstig und besonders für später vielversprechend. Die größte augenblickliche Besserung der Lage musste sich natürlich leicht durch einen Wohnungswechsel ergeben; sie wollten nun eine kleinere und billigere, aber besser gelegene und überhaupt praktischere Wohnung nehmen, als es die jetzige, noch von Gregor ausgesuchte war. Während sie sich so unterhielten, fiel es Herrn und Frau Samsa im Anblick ihrer immer lebhafter werdenden Tochter fast gleichzeitig ein, wie sie in der letzten Zeit trotz aller Plage, die ihre Wangen bleich gemacht hatte, zu einem schönen und üppigen Mädchen aufgeblüht war. Stiller werdend und fast unbewusst durch Blicke sich verständigend, dachten sie daran, dass es nun Zeit sein werde, auch einen braven Mann für sie zu suchen. Und es war ihnen wie eine Bestätigung ihrer neuen Träume und guten Absichten, als am Ziele ihrer Fahrt die Tochter als Erste sich erhob und ihren jungen Körper dehnte.

Die Entstehung des Textes ist durch Briefe Kafkas an seine spätere Verlobte Felice Bauer dokumentiert. Kafka hatte Ende September 1912 den Roman *Der Verschollene* (*Amerika*) begonnen. Über den Fortgang dieser Arbeit setzte er Felice Bauer, die für ihn, wie er es nannte, mit seinem »Schreiben verschwistert« war (F 66), regelmäßig in Kenntnis. Am 17. November 1912 teilte er ihr dann mit, dass er, statt an dem Roman weiterzuarbeiten, »eine kleine Geschichte niederschreiben werde, die mir in dem Jammer im Bett eingefallen ist und mich innerlichst bedrängt« (F 102). Diese »kleine« Geschichte wuchs sich dann in den folgenden Wochen zu der recht umfangreichen Novelle *Die Verwandlung* aus. Den Titel nannte Kafka erstmals in einem Brief an Felice vom 23. November; es heißt dort: »[...] die Geschichte ist ein wenig fürchterlich. Sie heißt ›Verwandlung‹, sie würde Dir tüchtig Angst machen [...].« (F 116) Am 24. November las der Autor Freunden »den ersten Teil« der Geschichte vor. Eine Dienstreise, die er im Auftrag der Arbeiter-Unfall-Versicherungs-Anstalt unternehmen musste, wirkte sich störend auf den Fortgang der Arbeit aus; am 25. November teilte er der Briefpartnerin seine Besorgnisse mit und meinte: »Eine solche Geschichte müsste man höchstens mit einer Unterbrechung in zweimal 10 Stunden niederschreiben, dann hätte sie ihren natürlichen Zug und Sturm [...]. Aber über zweimal zehn Stunden verfüge ich nicht.« (F 125) Am 1. Dezember 1912 war jedoch der zweite Teil des Textes beendet, und »ein dritter Teil [...] hat begonnen sich anzusetzen« (F 145). Dieser dritte Teil wurde dann um den 6. Dezember abgeschlossen; Kafka schrieb – vermutlich in der Nacht vom 5. zum 6. Dezember – an Felice: »Weine, Liebste, weine, jetzt ist die Zeit des Weinens da! Der Held meiner kleinen Geschichte ist vor einer Weile gestorben.« (F 160) In einem in der folgenden Nacht verfassten Brief heißt es dann: »Liebste, also höre, meine kleine Geschichte ist beendet, nur macht mich der heutige Schluss gar nicht froh, er hätte schon besser sein dürfen, das ist kein Zweifel.« (F 163) Seine Unzufriedenheit mit dem Schlussteil äußerte Kafka noch über ein Jahr später in einer Tagebucheintragung: »19. I 14 [...] Großer Widerwillen vor ›Verwandlung‹. Unlesbares Ende. Unvoll kommen fast bis in den Grund. Es wäre viel besser geworden, wenn ich damals nicht durch die Geschäftsreise gestört worden wäre.« (KKAT 624)

Kafka bot den Text – handschriftlich in einem einzelnen gesonderten Heft überliefert – zunächst dem Kurt Wolff Verlag, bei dem schon mehrere seiner Werke erschienen waren, zur Publikation an. Zeitweise war ein größerer Novellenband geplant, der die Erzählungen *Das Urteil*, *Der Heizer* und *Die Verwandlung* enthalten sollte. Als sich abzeichnete, dass dieser Band nicht zustande kommen würde, ging Kafka auf ein Angebot Robert Musils ein, der damals zur Redaktion der im S. Fischer Verlag erscheinenden *Neuen Rundschau* gehörte, die Erzählung in dieser Zeitschrift abzudrucken. Kafka sandte im März 1914 das Manuskript ein, welches auch angenommen wurde. Im Juli des Jahres teilte man ihm aber mit, dass er den Text energisch kürzen müsse. Ein Entwurf seines Antwortschreibens an Musil hat sich erhalten; darin heißt es: »Und jetzt nachdem auch seit dieser Annahme Monate vergangen sind, verlangt man, ich solle die Geschichte um ⅓ kürzen. Das ist unwürdig gehandelt.« (Mitgeteilt bei Binder, S. 103.) Kafka hoffte zwar noch eine Zeitlang, dass man den Text in voller Länge abdrucken würde, sah sich dann aber nach einer anderen Möglichkeit der Veröffentlichung um. Über Max Brod stellte er den Kontakt zu der Zeitschrift *Die weißen Blätter* her, erhielt aber von deren Redakteur René Schickele zunächst ebenfalls die Mitteilung, dass der Text zu lang sei. Kafka antwortete darauf am 7. April 1915, dass er die Erzählung »trotzdem nicht freiwillig zurückziehe«, weil ihm »an ihrer Veröffentlichung besonders gelegen« sei. (Der Brief ist abgedruckt in: *Expressionismus*, S. 140.) Trotz Schickeles Bedenken wurde dann die Erzählung in voller Länge im Oktoberheft der Zeitschrift veröffentlicht.

Die *Weißen Blätter* erschienen zwar offiziell in einem eigenen Verlag, dieser wurde aber vom Kurt Wolff Verlag betreut. Georg Heinrich Meyer, der damalige Leiter des Wolff Verlags, wandte sich am 11. Oktober 1915 schriftlich an Kafka. Nachdem er zunächst auf die Tatsache eingegangen war, dass Kafka offenbar nicht die Gelegenheit gehabt hatte, für den Erstdruck der *Verwandlung* Korrektur zu lesen (»Wenn das der Fall ist, so

Als Gregor Samsa eines Morgens aus unruhigen Träumen erwachte fand er sich in seinem Bett zu einem ungeheuren Ungeziefer verwandelt. Er lag auf seinem panzerartig harten Rücken und sah wenn er den Kopf ein wenig hob, seinen gewölbten braunen von bogenförmigen Versteifungen geteilten Bauch auf dessen Höhe sich die Bettdecke zum gänzlichen Niedergleiten bereit kaum noch erhalten konnte. Seine vielen im Vergleich zu seinem sonstigen Umfang kläglich dünnen Beine flimmerten ihm hilflos vor den Augen.

Was ist mit mir geschehen? dachte er. Es war kein Traum, sein Zimmer ein richtiges nur etwas zu kleines Menschenzimmer lag ruhig zwischen den vier wohlbekannten Wänden. Über dem Tisch auf dem eine auseinandergepackte Musterkollektion von Tuchwaren ausgebreitet war — Samsa war Reisender — hieng das Bild das er vor kurzem aus einer illustrierten Zeitschrift ausgeschnitten und in einem hübschen Goldrahmen untergebracht hatte. Es stellte eine Dame dar, die mit einem Pelzhut und einer Pelzboa versehen aufrecht dasaß und einen schweren Pelzmuff in dem ihr ganzer Unterarm verschwunden war, dem Beschauer entgegenhob.

Gregors Blick richtete sich dann zum Fenster und das trübe Wetter — man hörte Regentropfen auf das Fensterblech aufschlagen — machte ihn ganz melancholisch. Wie wäre es wenn ich noch ein wenig...

Erste Seite der *Verwandlung*
in der Handschrift Kafkas

trifft die Schuld Herrn Schickele«; WB 33), schlug er vor, die *Verwandlung* auch als Einzeldruck für den »Jüngsten Tag« erscheinen zu lassen, der Reihe des Kurt Wolff Verlags, in der schon 1913 Kafkas *Der Heizer* veröffentlicht worden war. Konkreter Anlass für Meyers Wunsch, ein neues Buch Kafkas herauszubringen, war, dass Carl Sternheim, ebenfalls Wolff-Autor, den »Fontane-Preis für den besten modernen Erzähler« erhalten sollte. Meyer erklärt in seinem Brief an Kafka: »Da aber, wie Ihnen wohl bekannt ist, Sternheim Millionär ist und man einem Millionär nicht gut einen Geldpreis geben kann, so hat Franz Blei, der den Fontane-Preis heuer zu vergeben hat, Sternheim bestimmt, dass er die ganze Summe von ich glaube 800 Mk. Ihnen als dem Würdigsten zukommen lässt. Sternheim hat Ihre Sachen gelesen und ist [...] ehrlich für Sie begeistert.« (Wo 34) Der Band war gewissermaßen schon vor seiner Auslieferung im November 1915 preisgekrönt. Kafka verbesserte den Text dieser Ausgabe gegenüber dem Erstdruck. Eine zweite Auflage erschien 1918; sie weist einige Textveränderungen gegenüber der ersten Auflage auf, es ist aber nicht gesichert, dass diese auf den Autor zurückgehen. Textgrundlage für die vorliegende Ausgabe ist die erste Buchausgabe von 1915.

Die Orthographie wurde auf der Grundlage der neuen amtlichen Rechtschreibregeln behutsam modernisiert, die Interpunktion folgt der Druckvorlage.

Michael Müller

Abgekürzt zitierte Ausgaben und Literatur

F   Franz Kafka: Briefe an Felice und andere Korrespondenz aus der Verlobungszeit. Hrsg. von Erich Heller und Jürgen Born. Mit einer Einl. von Erich Heller. Frankfurt a. M.: S. Fischer, 1967.

KKAT Franz Kafka: Schriften, Tagebücher, Briefe. Kritische Ausgabe. Hrsg. von Jürgen Born, Gerhard Neumann [u. a.]. Frankfurt a. M.: S. Fischer, 1982 ff. – Tagebücher. Hrsg. von Hans-Gerd Koch, Michael Müller und Malcolm Pasley. Textband. 1990.

Wo   Kurt Wolff. Briefwechsel eines Verlegers 1911–1963. Hrsg. von Bernhard Zeller und Ellen Otten. Erg. Ausg. Frankfurt a. M.: Fischer Taschenbuch Verlag, 1980.

Binder   Hartmut Binder: Kafka und »Die neue Rundschau«. Mit einem bisher unpublizierten Brief des Dichters zur Druckgeschichte der »Verwandlung«. In: Jahrbuch der Deutschen Schillergesellschaft 12 (1968) S. 94–111.

Expressionismus Expressionismus. Literatur und Kunst 1910–1923. Eine Ausstellung des Deutschen Literaturarchivs im Schiller-Nationalmuseum, Marbach a. N. [Katalog.] Marbach 1961.

Nachwort

In den letzten Jahrzehnten hat man viel von Rezeptionstheorie und Rezeptionsästhetik gehört. Als eines der schwierigsten Probleme dieser Forschungsrichtungen gilt die Erscheinung der sogenannten Dauerrezeption. Wie kommt es, so wird gefragt, dass ein literarisches Werk immer wieder neue Lesergenerationen faszinieren kann, lange Zeit nachdem der Autor und sein ursprüngliches Publikum verschwunden sind und mit ihnen jene gemeinsamen Lebensbedingungen, die ein fragloses Kommunizieren ermöglichen.

Nun, wir sind in der Lage, zu diesen theoretischen Überlegungen eine ganz konkrete Illustration zu liefern. Lange nach ihrer Entstehung im November / Dezember 1912 wird eine der bekanntesten Geschichten Franz Kafkas, *Die Verwandlung*, wieder aufgelegt, um der nie ablassenden Nachfrage gerecht zu werden. Wir können uns also dabei beobachten, wie wir Heutigen auf diese Fabel reagieren, fragen, was sie uns noch zu sagen hat und was wir uns aus ihr machen. Indem wir uns auf diese Wirkungen konzentrieren, vermeiden wir auch die nie zu Ende gelangenden Spekulationen über die Entstehungsvorgänge der Kafkaschen Werke, über die Intentionen des Verfassers, sein Verhältnis zur empirischen Wirklichkeit, die Frage, ob er subjektive Traumwelten gestaltet hat oder allgemein erkennbare Projektionen der neuzeitlichen Gesellschaft bietet, äußere oder innere Realitäten. Mit anderen Worten: Wir deuten nicht so sehr Kafkas Fiktion, sondern unsere eigenen Empfindungen bei ihrer Lektüre oder, genauer: die Begegnung der beiden im historischen Augenblick unserer Gegenwart.

Von Homers Leben und Psyche weiß man ja kaum etwas und kann sich trotzdem seinen Reim auf die *Odyssee* machen. Man streitet freilich nicht über die Wahrscheinlichkeit oder Unwahrscheinlichkeit, dass eine Circe ihre Besucher in Schweine und andere Tiere verwandelt, sondern man lächelt über die in dieser Verzauberung veranschaulichte Erkennt-

nis, dass die erotische Begierde der Betörten zur Einbuße
ihrer menschlichen Rationalität führt und der Frau, die
solche Magie ausstrahlt, erlaubt, sie nach ihrer Willkür zu
manipulieren. Dieser Vergleich beleuchtet auch blitzartig
den Beginn von Kafkas *Verwandlung*: die Erzählung gehört
offenbar zu dem uralten Dichtungstypus, wo durch den
Einbruch von etwas Femdartigem und Inkongruentem eine
völlig gewöhnliche, ja banale Umwelt plötzlich in neuem
Licht erscheint und in ihrer wahren Beschaffenheit erkenn-
bar wird. Dem glanzlosen Leben eines Geschäftsreisenden
und seiner Familie tiefe Einsichten abzugewinnen wird mit
herkömmlichen Mitteln nicht gut gelingen. In dem Augenblick aber, wo er eines Morgens in ein scheußliches Un-
getüm verwandelt aufwacht, enthüllt sich schlagartig die
Problematik ihrer Existenz. Auf ähnliche Weise hat Mon-
tesquieu die Fragwürdigkeit des Pariser achtzehnten Jahrhunderts aufgezeigt, indem er einen Ausländer aus einer
fremden Kultur, einen Perser, seine Eindrücke brieflich nach
Hause berichten ließ, oder Gerhart Hauptmann die Ver-
derbnis einer Säuferfamilie bloßgestellt, in deren hermeti-
sche Geschlossenheit er einen nüchternen Außenseiter ein-
führte.

Kafkas Vorliebe für tierische Protagonisten ist bekannt.
In seinem Werk wimmelt es nur so von Maulwürfen und
Mardern, Mäusen und Affen, Dachsen, Geiern, Panthern,
Schakalen und eben auch Käfern. Jede dieser Kreaturen
dient einem anderen Zweck. Gemeinsam ist ihnen freilich
ihres Erfinders Bestreben, Aussagen über die Menschen zu
machen, und eine jede ist in andere literarische Zusammen-
hänge gestellt: in die Konventionen der Tierfabel, in die
Tradition des Märchens, in den Dienst der scharfzüngigen
Satire etwa nach dem Muster des großen irischen Gesell-
schaftskritikers Jonathan Swift, dessen Houyhnhnms, edlen
Pferden, es obliegt, ein vernichtendes Urteil über den stin-
kenden Schmierfink Mensch, den ekligen Yahoo, zu fällen.
Viel hängt unter diesen Umständen von der Eigenschaft

und Funktion des jeweils gewählten Tieres ab. In der *Verwandlung* hat das Ungeziefer unter anderem auch die Aufgabe, die Minderwertigkeit der Person, die es ersetzt, ihre Entfremdung und ihr Außenseitertum zu signalisieren. Es handelt sich um eine systematische Umkehrung und Entlarvung des Normalen: nicht eine Bestie in Menschengestalt tritt uns wie so oft entgegen, sondern ein Mensch mit Tierfratze. Nicht das Schöne ist des Schrecklichen Anfang, das uns verschont, wie noch ein etwas früher in Prag Geborener, Rainer Maria Rilke, gemeint hat, sondern das Schreckliche wird zur Erscheinungsform der Ästhetik und verzichtet keineswegs auf seine zerstörerische Wirkung.

Mag der Ursprung dieser beklemmenden Phantasien in Kafkas Judentum zu suchen sein, wie so oft nahegelegt wurde, in der Lage einer Minderheit, deren Mitglieder verdammt sind, um eine ihnen hartnäckig verweigerte Anerkennung zu ringen, die stets eines Verbrechens bezichtigt werden, das sie nicht begangen haben, denen immer wieder der bescheidene Platz vorenthalten wird, wo sie ihren anspruchslosen Neigungen genügen können, und die – schlimmste der Erniedrigungen – das von ihren Feinden ausgeströmte Gift einatmen und sich selbst verachten müssen. Heute weiß man mehr über Minderheiten, die ja keineswegs immer ethnischen Ursprungs sind. Der entfremdete Großstadtmensch und Statist einer Industriegesellschaft gehört auf jeden Fall irgendeiner sozialen Gruppe an, die nicht ganz für voll genommen, nicht anerkannt, übervorteilt oder verfolgt wird, sei es als Sprössling einer niedrigen Volksschicht, als Homosexueller, als Gastarbeiter, Kranker oder Alternder. Und es braucht sich gar nicht um eine Minderheit zu handeln. Die Frauen zum Beispiel sind keine, aber solange sie sich entrechtet wissen oder fühlen, haben sie ganz die Erfahrungen einer unterdrückten Gruppe. Was am Anfang unseres freudianischen Jahrhunderts als prophetisch anmutende, neurotische Angstvision eines Einzelnen erscheinen musste, das ist an seinem Ende nach den durchstandenen Diktaturen, Vernichtungskriegen,

Endlösungen, Umsiedelungen und Massenvertreibungen zum allgemeinen Erlebnis geworden.

Die Betonung unserer eigenen Reaktionen gibt uns ein weiteres Hilfsmittel zum Verständnis einer Geschichte an die Hand, deren Rätselhaftigkeit die Forschung zu unzähligen, niemals ganz befriedigenden Erklärungsversuchen angestachelt hat. Es ist ja nicht so, dass nur Gregor Samsa – der Name ist immer schon als Konsonanz zum Namen des Verfassers gelesen worden, was dieser auch zugegeben hat, aber indem er warnend hinzufügte, Samsa sei nicht völlig Kafka – dass also nur Samsa grotesk verwandelt ist, während seine Umgebung unberührt von der Verfremdung in der uns geläufigen Alltäglichkeit verharrt. Der blauuniformierte, äpfelwerfende Vater, die marionettenartig gleichbärtigen Zimmerherren, der intensiv plädierende Prokurist, sie alle und ihre Gehaben sind ja auch, wenngleich nicht in demselben Maße, von dem Gesetz der Verzerrung, das hier vorwaltet, ergriffen und beträchtlich unserer Normalerwartung entrückt. Aber der größere zeitliche Abstand gestattet uns einen Vergleich dieser Figuren und ihrer absurden Bewegungen, auf den die Zeitgenossen nicht so leicht verfallen konnten. Betrachten wir eine beliebige Passage, etwa den fluchtartigen Rückzug des Prokuristen beim Anblick des Rieseninsekts, dem er eben noch in der teils schmeichelnden, teils stichelnden Lügensprache des Vorgesetzten durch die Wand Vorhaltungen gemacht hat:

Aber der Prokurist hatte sich schon bei den ersten Worten Gregors abgewendet, und nur über die zuckende Schulter hinweg sah er mit aufgeworfenen Lippen nach Gregor zurück. Und während Gregors Rede stand er keinen Augenblick still, sondern verzog sich, ohne Gregor aus den Augen zu lassen, gegen die Tür, aber ganz allmählich, als bestehe ein geheimes Verbot, das Zimmer zu verlassen. Schon war er im Vorzimmer, und nach der plötzlichen Bewegung, mit der er zum letzten Mal den Fuß aus dem Wohnzimmer zog, hätte man glauben können, er habe sich soeben die Sohle verbrannt. Im Vorzimmer aber streckte er die rechte Hand weit von sich zur Treppe hin, als warte dort auf ihn eine geradezu überirdische Erlösung.

Dieser Absatz liest sich wie die Beschreibung oder Anweisung zu einer Szene in einem Stummfilm. In ihrer Mischung aus leichtem Grauen und Komik ist sie typisch für zahllose Vorgänge nicht nur in der *Verwandlung*, sondern im gesamten Werk Franz Kafkas, die von einer endlosen Folge von Lesern und Interpreten als rätselhaft oder gar mysteriös empfunden wurden. Als wortlose Pantomime des Abscheus und der Panik ist sie aber eingängig und leicht verständlich. Damit soll nun nicht behauptet werden, Kafka sei vom Stummfilm beeinflusst, obgleich die nachhaltige Wirkung, die von den darstellenden Künsten auf ihn ausging, namentlich der jiddischen Volksbühne, wo er auch zum ersten Mal einer in ein Ungeziefer verwandelten Theatergestalt begegnete, längst erforscht ist. Und die Konkurrenzlage, in die sich die Literatur durch den eben aufgekommenen Kinematographen um die Jahrhundertwende gedrängt sah, wird auch immer deutlicher erkannt. Was ich hier vorschlage, ist lediglich ein Analogieschluss, eine Hilfskonstruktion: ebenso wie der frühe Film, der in seiner Stummheit darauf angewiesen war, seelische Regungen durch maßlose Übertreibung in Gestik und Bewegung zu verlegen, setzte Kafka, der es sich und seinen Lesern aus anderen Gründen versagte, in das Innenleben seiner Personen hineinzublicken, die psychischen Bewegungen in kinetische Korrelate um. Was die Zeitgenossen am Stummfilm als nervenerregenden Hyperrealismus erlebten, das erfüllt den heutigen, an den hochgezüchteten Naturalismus des Farb- und Tonfilms gewöhnten Kinobesucher mit der Komik einer Groteske, ohne seiner Bewunderung für die mimische Kunst der Anfangsphase abträglich zu sein. Ähnlich empfinden wir heute an diesen Kafkaschen Szenen die groteske Komik ebenso stark wie das verfremdende Fluidum, gleichfalls ohne uns der großen Suggestionskraft zu entziehen, durch die Innerliches ins Sichtbare gehoben wird. Das scheint mir das technische Geheimnis einer Vielfalt von Szenen zu sein, etwa der, wo die

> Mutter [...], die doch so ganz in sich versunken schien, mit einem Male in die Höhe [sprang], die Arme weit ausgestreckt, die Finger gespreizt [...], den Kopf geneigt, als wolle sie Gregor besser sehen, lief aber, im Widerspruch dazu, sinnlos zurück; hatte vergessen, dass hinter ihr der gedeckte Tisch stand; setzte sich, als sie bei ihm angekommen war, wie in Zerstreutheit, eilig auf ihn; und schien gar nicht zu merken, dass neben ihr aus der umgeworfenen großen Kanne der Kaffee in vollem Strome auf den Teppich sich ergoss;

oder wie das Dienstmädchen

> kniefällig die Mutter gebeten, sie sofort zu entlassen, und als sie sich eine Viertelstunde danach verabschiedete, dankte sie für die Entlassung unter Tränen, wie für die größte Wohltat, die man ihr hier erwiesen hatte, und gab, ohne dass man es von ihr verlangte, einen fürchterlichen Schwur ab, niemandem auch nur das Geringste zu verraten;

oder schließlich, wie Gregors Schwester

> aufs Höchste beleidigt, ins Wohnzimmer lief und, trotz der beschwörend erhobenen Hände der Mutter, in einen Weinkrampf ausbrach, dem die Eltern – der Vater war natürlich aus seinem Sessel aufgeschreckt worden – zuerst erstaunt und hilflos zusahen; bis auch sie sich zu rühren anfingen; der Vater rechts der Mutter Vorwürfe machte, [...] links dagegen die Schwester anschrie [...]; während die Mutter den Vater, der sich vor Erregung nicht mehr kannte, ins Schlafzimmer zu schleppen suchte; die Schwester, von Schluchzen geschüttelt, mit ihren kleinen Fäusten den Tisch bearbeitete.

Alle diese Episoden haben gemeinsam, dass sie in einem Film von Charlie Chaplin vorkommen könnten und wie bei diesem Soziales und Psychisches in einer grotesken Pantomime sichtbar machen, verfremdend und enthüllend zugleich.

Damit ist aber die kafkaeske Erzählweise noch nicht völlig gekennzeichnet. Der treffsichere amerikanische Kritiker Edmund Wilson sprach von Kafkas *realistischen* Alpträumen und Hermann Hesse von seiner *reinlichen* Technik. Gemeint ist damit die Darstellung von neurotischen Zwangsvorstellungen mittels konkreter, scharf konturierter Bilder, die Vermischung des Rationalen mit dem Phantastischen. Einer der wirksamsten Effekte ergibt sich daraus, dass das Rätselhafte, Geheimnisvolle in einer bewusst kahlen und präzis-sparsamen Sprache berichtet wird. Die Schilderungen von Angst, Verfolgung und Aggression verzichten nicht auf Besinnung und Folgerichtigkeit. Typisch für dieses Ineinander ist das pedantische Tüfteln und Vernünfteln, das Hin- und Herwenden von Argumenten und Folgerungen innerhalb eines Rahmens totaler Unmöglichkeit, die solcher Spiele der Vernunft spottet, die Entfaltung einer Mikrologik, die simple syntaktische Inseln bildet inmitten eines wallenden Chaos. Nicht umsonst hat man Kafka einen jüdischen Kierkegaard genannt.

Was sind nun aber die verborgenen Wahrheiten, die durch diese vielfältigen Darstellungsmittel preisgegeben werden? Der heutige Leser mit allen seinen Erinnerungen, nach der Kenntnisnahme mancher verwandten dichterischen Gestaltungen, von denen ich nur Franz Werfels *Tod des Kleinbürgers* (1927) und Arthur Millers *Tod des Handlungsreisenden* (1949) erwähnen möchte, wird dieser Frage nicht mehr so hilflos gegenüberstehen wie der Leser einst. Ich möchte niemand meine Deutungen aufzwingen. Aber im Allgemeinen lässt sich der gegenwärtige Konsensus doch erschließen. Es enthüllt sich, so würden heutzutage viele formulieren, die Schuldhaftigkeit der Menschen in ihren Beziehungen zueinander, die Herrschsucht des Einzelnen über die anderen unter dem Vorwand der Hilfsbereitschaft, die autoritäre Struktur der Familie und der Öffentlichkeit, die gewaltsam verdrängte Sexualität, die sich in Inzestträumen äußert, der ganze Mangel an eigentlicher Liebe, der sich in dem Fortschreiten von Gewöhnung zu Gleichgültigkeit und zu Feindseligkeit zu erkennen gibt, das unterdrückte Ich des modernen Menschen, dessen Wünsche, ihm selbst unbewusst, im Widerstreit liegen mit der harten Unbarmherzigkeit der Zweckwelt. Vor allem aber offenbart sich die Tyrannei eines Wirtschaftssystems, das auf der Knechtung der Seele beruht und das nur ein Gesetz anerkennt, das Gesetz des Profits. Es entsteht eine autonome Welt, eine Welt – wir kehren an den Ausgangspunkt zurück –, in der ein Mensch dem anderen entweder ein Schrecken oder ein ekelerregendes Tier ist, *homo homini lupus* nach der Aussage des englischen Philosophen. Und über allem verschwebt, wie die Geigenmelodie, die sie auslöst, unerreichbar die Ahnung einer »ersehnten unbekannten Nahrung«.

Bei dieser Auslegung versteht der heutige Leser auch unmittelbar Kafkas Unzufriedenheit mit dem Schluss, der nach Gregors Tod, symbolisiert in dem Ausflug ins Freie, eine Art Apotheose der übrig gebliebenen Familie gestaltet. Nicht weniger verstrickt in die Schuldhaftigkeit und Lieblosigkeit als der Verstorbene, verdient sie eine solche Absolution und Erhöhung nicht. Übrigens liegt in diesem Ausklang auch ein Stilbruch, denn die Geschichte wird ja aus der Perspektive des Verwandelten dargeboten, während die Gestalten und Geschehnisse Projektionen seines inneren Lebens sind, und jetzt stellt sich heraus, dass es außer dem seinen ein weiteres, darüberstehendes Bewusstsein gibt, in dem sich die eben noch abhängigen Gesichte einer gefährdeten Psyche verselbständigen. Bei aller Großartigkeit zeigt sich hierin, dass Kafka in dieser frühen Schaffensphase noch nicht völlig Herr seiner gestalterischen Mittel war.

Aber abgesehen von dem Ende erkennen wir aus der Distanz der Jahrzehnte, dass wir es mit einem gewaltigen Beispiel realistischer Erzählkunst zu tun haben. Vielleicht befremdet diese Einstufung eines Werkes, in dem wir selbst so viele phantasmagorische, verfremdende Züge aufgewiesen haben. Wenn aber das Ernstnehmen von trivialen Existenzen, die im normal betrachteten gesellschaftlichen Gefüge keinen hohen Rang beanspruchen, sondern eher den Kulturzustand der Massen repräsentieren, und die Verknüpfung ihrer vordergründigen Schicksale mit den unpersönlichen Mächten der Epoche realistisch ist, dann müssen wir in Kafkas *Verwandlung* ein hohes Kunstwerk der soziohistorischen und psychohistorischen Wirklichkeitsbewältigung bewundern, das uns dank der zeitlichen Entfernung nur begreiflicher geworden und unserem Erkenntnisstand nähergerückt ist.

Egon Schwarz

Inhalt